大前粟生
物語じゃないただの傷

河出書房新社

物語じゃないただの傷

1

男の目が僕を見ていた。

フロントミラーの横長の枠の中で運転手の男性はちらちらと僕のことを気にしていて、目が合うと前を見てため息を吐いた。「新宿西口まで」僕は言った。タクシーはテレビ局の駐車場から滴る汗のように滑り出ていく。「このお仕事は長いんですか?」運転手に聞いた。この人は僕のことを、後藤将生のことを知っていて、快くは思っていないのだろう。なにか言われる前に、舐められる前に、会話の主導権を握っておきたかった。「まあ」と男は言う。「へえー、じゃあ、街のことにも詳しいんだ! すごいなあ、東京の道って、すごい複雑じゃないですか?」こうして少し下手に出る。手のひらを差し出していると示してやる。そうすると相手は気持ちよくなっていく。その土俵は僕が用意してあげたものだというのに。僕の声は大きくて明瞭だった。光が体から抜けていなかった。さっきまでの番組収録でテレビ用のわかりやすい言葉を使い過ぎた。照明を浴び過ぎた。カメラや大人のたくさんの目に晒(さら)され過ぎた。特にこの日のワイドショーは愛染(あいぞめ)さんの当て馬としてプロレス的な討論を求められたから。男性の、多数派の権利を主張する愛染さんに、おおむね台本で作られた憎しみを、さも後藤将生の言葉であるかのようにぶつけた。愛染さんのドナルド・トランプのものまねみたいな髪型と発言。わかりやすいくらいポピュリスト。その真逆の頭でっかちなリベラルとしてキャスティングされ、台本が作られていた。男のくせにフェミニストやポリコレにおもねってる奴。それが後藤将生のイメージだと、目の前のタクシードライバーの怪訝(けげん)な目が、信号で止まる度に露骨にアピールするため息が語っている。仕事だから仕方なくおまえを乗せてるんだよ。仕事だから、仕方なく。そんなのは、僕だってそうだ。だから今は、あんたから攻撃されないよう、こうやって空洞の言葉をしゃべってる。

　美容クリニックは雑居ビルの八階にある。収録が押し、着いたのは予約時間ちょうどだった。受付番号札とヒゲ脱毛に際しての注意事項用紙を渡され、ロビーで待たされる。聞き取りにくいくらい控えめな音量でヒーリングミュージックが流れていた。

ずっと鳴り続けているのに、ないみたいに振る舞うその音楽を背景に、モニターでは動画が流れている。クリニックの医師らしき白衣を着た男女ふたりが瞼（まぶた）のリフトアップの施術コースについて説明している。クリニックのスタッフはほとんどみんな美容整形をしているのか、年齢がよくわからない。そうした人たちに囲まれていると、近未来世界にきたような気がする。動画が終わると、次はヒゲ脱毛についてさっきとは別の男女が話しはじめた。男性の声も女性の声も、宣伝用の動画から流れるにしては意外なほどふわふわしている。特に女性の方は、意識して素人っぽい声を出しているようにさえ思える。メンズ脱毛の客たちに親しみや安心を感じさせたいのだろう。幼い声の彼女が「素敵な未来が待っていますよ」と言うことで不安な男たちに寄り添ってあげる。ケアの搾取。番組で使えるフレーズかもしれない。いや、搾取という言葉は、まだそこまで浸透していないか？　僕はどうだ。この人の声に安心しているだろうか。「男らしさより自分らしさが大事ですよね」と言い続けるこの声に。

自分らしさ？　僕がそうあったのって、いつだ。そんな時期は少しもない気がする。僕が、後藤将生になってからは。ヒゲ脱毛をすることにしたのだって、その方がウケるからだ。ヒゲが生えているより生えていない方が、男らしくあるより男らしくない方が、世の中に受け入れられるから。マスクをずらし、スマホのインカメラで自分の顔を確認する。やたらと白い照明を肌が吸い込んでいる。脱毛に何度通ってもまだ青みの消えない剃(そ)り痕が、気持ち悪かった。

スタッフに呼ばれ、カーテンで仕切られた施術室へと案内された。

舌のような赤ピンク色をした合成皮革(ひかく)の施術台に腰掛けた。片膝立ちになった女性スタッフが、「ご本人様確認のために小さい声で構いませんのでご本名をお願い致します」と言う。

「後藤将司(ごとうしょうじ)」

と僕は、芸名の〝後藤将生(ごとうまさき)〟と一文字違いの本名を言った。最近では本名を口にする機会の方が少ない。名前を言う瞬間、自分自身にぎこちなくて苦笑いした。

消毒液を含んだガーゼで、事前に麻酔クリームを塗布しておいたあごから頬までを拭かれる。光が入らないよう目に重みのあるゴーグルを被せられ、バーコードスキャナーのようなかたちのレーザー照射機で毛穴を焼かれていく。

二年前から一、二か月に一度のペースでこのクリニックに通っている。ほうれい線から内側の部分が「ヒゲ」コースで、その外の頬部分が「頬・もみあげ」コース。一回の予約でそのふたつともを施術してくれる。初回のカウンセリングで、ヒゲ脱毛時の痛みについては「輪ゴムで弾かれたような痛み」と説明された。その形容は外れてはいないが、輪ゴムは何メートルも何十メートルも伸ばしてから弾かれている。麻酔クリームなんて意味がない。ゴムパッチンと拷問の境の痛みがジャバッと肌に襲いかかる。

毛根が焼かれ、焦げたにおいがすぐにやってくる。あごのラインの痛みに叫び出しそうになる。拷問を受けている、と僕は思う。生きるための権利を蔑(ないがし)ろにされている、と頭で考えるより先に、痛みに貫かれた肌が伝えてくる。こんな痛みを経験しているのだという事実のせいで、自分が世の中から突出しているんじゃないかとさえ思えてくる。こんな経験をしているのだから自分が何者かでなければ割に合わない。理不尽にまみれた僕は、報われるべきだ。

脱毛にくる度に僕は、これは通過儀礼なんだと思うことにしている。痛いのだから、つらいのだから、この先に報酬があるに違いない、と。ただ痛いというだけで、意味づけて物語にする。きっとみんな、そうしているのだろう。あぶない宗教や、あぶない会社のあぶない研修や、たくさんの怒鳴り声や暴力。理不尽がなんの意味もなく自分の身に降りかかっているだけなんて、誰も思いたくない。実家の父はコロナは嘘だという陰謀論に傾倒していて、芸能界の閉じた現場では未だにあやしい水が高値で取引されていて、この間入ったインド料理店では後ろのテーブルの中高年グループが奈良の神社は龍の力がどうこうとオカルトめいた話をしていた。僕が脱毛の痛みを通過儀礼だとみなすことと、それらにはどれほども違いはないのだと思う。ただ僕は「みなす」というふりをしていて、彼らはそうじゃないだけだ。日々を過ごすために過剰に物語を作ってしまう。そういう人たちの存在に僕はもっと敏感であるべきだったのかもしれない。

「目元まぶしいですから、しっかり目を閉じておいてくださいね」

ゴーグルをしていても、目を閉じていても瞼を透かして光を感じた。まぶしいというより、光で目が濡れる。目が泣きたいという意志をもってそうしているみたいに、涙が流れた。

施術は五分ほどで終わった。炎症止めのクリームをぺたぺたと顔に塗られ、また一週間ほどでぽろぽろと抜け落ちてきますから、と言われる。このあとお手洗いやメイクスペース、受付にご用事ないようでしたらエレベーターでお帰りください、と。

顔バレしないよう、マスクをしてキャップを被り、雑居ビルを出た。マスクの内側にくゆる焦げ臭さを、いいにおいだ、と脳が錯覚する瞬間がある。フライパンで料理を作っている時のような、魚でも焼いているような、いいにおい。脱毛のあとは決まって、自分は肉なんだ、という気分になる。顔に熱が溜まっているのがわかる。僕はよく、こんな想像をした。皮膚の下に蓄えられた熱が、ぷちぷちと弾けて切り取り線のような小さな穴を顔中に点々と開けていく。そこに指をザッと突き入れて、この偽善者の顔をべりべりと剝がしていく。

腹が減って、無性になにかしなければという気分になった。

なにか？

公園のトイレでランニングウェアに着替える。脱毛後は激しい運動がＮＧだ。走るつもりはなかったが、この恰好だと警戒されにくく、物色するのにちょうどいい。新宿西口のあたりから、家のある高円寺まで一時間ほど歩くことにする。小滝橋通りを北に進むと、エリアとしては新宿から大久保に変わったのか、街並みが落ち着いて空が広くなる。線路の下をくぐって西に折れ、中央・総武線沿いを中野の方面へ向かう。大東橋を渡り、上り坂の手前を左折し、ふたつのタワマンの間を通り、東中野駅の前に出ると山手通りを桜山通りへ横断し、そのままますぐ歩く。人通りがあるわりにひどく、静かだ。歩くほどにマスクの中で、顔の焦げ臭さに街の生臭さが混ざっていった。東京の人間たちをどろどろに溶かしたにおい。他人より先へ先へといこうとしながら本当はなににも無関心なとろけた目の、濁りのにおい。

東中野駅と中野駅の間の、ある高架下で立ち止まった。目の前の壁は、経年による劣化はあるが目立った汚れはない。人通りも、車通りもない。まだ早い時間だけれど、大丈夫だと思う。仁王立ちになって壁を眺める。弱々しい照明に照らされたこの短いトンネルをいったりきたりする。大丈夫。きっと、大丈夫だ。

かばんからスプレー缶を取り出す。線を細くするための専用のノズルを嵌め込んだ。歩いている間、いろいろな落書きが目に飛び込んできた。建物の間のデッドスペース。電柱。ガードレール。配電箱。空き家。東京中の普段目に留まらないものに、黒いスプレーで、それを作った本人にしか判読できないグラフィティアートが描かれている。見捨てられた空間を落書きによって無から混ぜ返しているのだと、僕にはわかる。そうやって、いけないことをすることによって、自らの暗やみにも、暗やみなりに価値があると確かめたいのだと。

このスプレー缶は、僕の銃だ。壁に向かって構えると、ハハッ！　と僕の口から漏れ出した。あの日の笑い声がフラッシュバックする。だからこそだ。僕はそれを表に出して、この手で整えて、コントロール可能なものへと塗り替えなくてはいけない。スプレー缶のつめたさを握りしめる。ノズルにかけたひとさし指に力を加え、そこから暗やみがほとばしる寸前、僕は指を離さなければならなかった。

気配がした。ふたつの足音が聞こえた。僕は高架下の壁面と一体になるように静止した。横目で見ると、ふたり連れの若い男性だった。僕はやり過ごそうと壁を見つめ、この方が自然だろうかとスマホに目を落とす。ふたり組の片方が、僕とすれ違う時にこちらに顔を向けていた。まずいか、と僕は思う。その片方は、僕から距離が離れると連れ合いに「アレじゃない？」と言う。「えー？」ふたりが振り返り、振り返ったこと自体に満足したようにすぐに前を向く。彼らの後頭部が、後藤将生を見ている気がした。その日はもう無理だった。

中野から高円寺まで、短い坂を上ったり下ったりした。アキレス腱の張りに悔しさが集まった。家に着いたのは二二時頃だった。環七通り沿いにある、新築の家賃二六万円のマンション。

誰からうなだれていた。

マンションの入口にある、花壇ともなんとも言えないちょっとした生垣の頼りない縁に腰を下ろし、膝と膝の間に顔を埋めていた。遠目からでも姿が確認でき、僕はマンションへ向かう歩みを遅くした。僕が到着する前に、誰かが彼——のように見える——に声をかけてくれないかと期待したが、通りがかる人は誰ひとり彼を助けなかった。だったら、僕がそうするしかなかった。

彼を見下ろして数秒立ち止まった。上下黒の恰好をしている。六月の気温でも汗だくで、長袖のTシャツが肌にぴったりと張りついていた。うなだれた首元から不健康そうな青白い肌が覗き、毛穴から汗がびっしりと粒立っていた。「あの」僕は言う。

「大丈夫ですか?」

彼はゆっくりと顔を上げた。街灯の光のまぶしさに目を細めた。漠然と二十代後半から三十代前半に見えた。皮脂のにおいが漂った。自分で切ったような不揃いの短髪がつやつやしていて、何日も洗っていないのではないかと思えた。寝起きみたいに目が赤く、潤んでいたが、うなだれていたことを考えると泣いていたのかもしれない。左右の目の距離が近くて眉毛が濃かった。記憶の中の宮野原(みやのはら)くんと、けっこう似ていると思った。

目尻がちりちりと震えた。僕と目が合ったが、大した反応はない。気づいてないというより、後藤将生のことは知らないように思えた。

「大丈夫ですか」ともう一度言った。

今度はもう少し、囁(ささや)くように。相手の体の中に届けるように。

彼は座ったまま、腹と太ももの間にベージュのトートバッグを抱えていた。彼は僕の肩のななめ上あたりを見、身を縮めてかばんをより強く抱いた。

「お腹が……」

「お腹が？　痛い？」

彼はうなずく。「うわあ」と声を出し、生垣の中へと背中から倒れ込んだ。僕はなにが起きたのかわからなかったが、手を差し出しながら、「救急車呼びますか？」と聞いた。

「呼ばんといて、ください」彼は言った。「どういう風なお腹の痛みかっていうと」関西弁のイントネーションで続けた。

なんだ、その言葉運び、と僕は思った。どうお腹が痛いかなんて、自分から言うってより、誰かに聞かれることじゃないのか。

「トイレに、いきたくて。あの、トイレ、貸してください」

Google マップを開いて「公衆トイレ」と検索したが、五百メートル以上離れているところしか出てこなかった。

コンビニにいけば？　って言っていいか？

「立てますか」

ズボンのポケットから部屋の鍵を取り出した。

かばんを持ってやろうとしたが、彼は首を振った。

彼は右脚が悪いみたいで、引きずりながら、左脚に重心を乗せ僕についてくる。

「肩、よかったら摑(つか)まってください」

彼は反応しない。

ホームセンターで買ったような黒の無地のスニーカーが内向きに横倒しになって、エントランスのタイルに擦(こす)れている。

オートロックを解除し、エレベーターで七階にいき、家に上げた。

彼はかばんを持ってトイレに入った。僕は廊下で待つことにした。マスクを捨て、帽子にファブリーズをし、ラーメン屋店主の宣材写真みたいに腕組みをして仁王立ち。音姫と、水を流す音。けれど彼は中々出てこず、何事かつぶやいていた。生あたたかい低音が扉越しに聞こえたが、意味にまではならず耳をざらつかせた。

トイレから出てきた彼は左肩にトートバッグを掛け、右手にスマホを握りしめている。力を込めているのか、右手の指の第一関節から先が赤くなっていた。

「あの?」と僕は言った。

彼はゆっくりと腕を上げた。何度も繰り返されるベタなドラマの終盤で、悪を懲らしめる決定的ななにかを掲げるように。僕に、スマホの画面を見せてくる。実際それは、僕に、後藤将生にとって致命的なものだった。画面には夜の下で撮られた動画がうつっている。低画質のぼわぼわとした人のかたちが、渋谷区の高架下に立っていて、スプレー缶を握った手をシャコシャコと上下に動かしている。それからそいつは、体ごと大きく上下に動かしてスプレーを壁に噴射した。どうしてそこが渋谷区だとわかるのかというと、動画に撮られているのが僕だからだ。

不意に、シンナーのにおいに襲われて鼻をつまんだ。不審な挙動に見えるかと、つまんだ指ごと手で鼻を隠す。ショックを受けて口元を覆うみたいに。スプレーは動画の中で噴かれているだけだというのに、においは消えない。不快で、落ち着く。その臭気の瞬間瞬間にワッ!ワッ!と光が炸裂するように夏のプールの塩素のにおいが漂い、どうしてか僕は勃(た)ちそうになる。

脚を大胆にクロスさせ、太ももで股間を押し潰すように立つ。

僕は思った。ここにカメラがあれば、この状況を誰か笑ってくれるのに。

「あんたが描いてんの、いっつも、おんなじ絵ぇやけど。この絵、なんかのマーク?」

「……」

「正直に話した方がいいと思うけど」

ゆるく膨らみながら曲がった「ハ」のかたちをしたグリップの先に、クワガタの角を分厚くしたような鉄の刃がついている。黒い縁どり。グリーンの取っ手。ホワイトスプレーで描いた刃。僕が描いたそれらはフォルムが歪(いびつ)に太く、めまいの最中の視界みたいにぐぬりと揺れる。

「ニッパー」と僕は言った。

「ニッパー？　工具の？　なんでそんなんをまた。こればっかりよなあ。あんたのする落書きって」

バレっこない、とまでは思っていなかった。ただ、バレることをうまく想像できなかった。致命的な状況に思いを巡らせるより、落書きのスリルの方が僕に馴染（なじ）んだ。二年も三年も、飽きずに続けてしまった。

「聞いてます？　後藤将生さん。ねえ、後藤将生さん？」

脅迫まがいのことをネットに書き込まれることは何度もあったが、家にまでこられるのははじめてだった。手が、壊れたがっているみたいに激しく震えていた。

男は画面をスワイプして別の動画を表示した。そこにも、落書きをする僕がうつっている。モッズコートを羽織っている。冬だった。トンネルの壁にスプレーを噴きかける姿がズームされ、オレンジの光の下の僕が浮かび上がる。

男は十本の動画を僕に見せた。そのどれもで、僕は高架下の壁やガードレール、放置された工事現場の看板なんかにニッパーの絵を落書きしている。

「いつから……いつから、僕のこと」

「半年前？　俺のこと、気持ち悪いと思ってんねやろ？」

「は？」

「見下してんねやろ？　バカにしてんねやろ？」

「なんの、話」

『男は特権的なんだから下駄を脱ぐべき』『男性たちは優遇されてるんだから他の人に利益を譲るべき』」

「……はい？」

「あんたが言ったことや」

思い出せなかったが、後藤将生なら言いそうだし、後藤将生が言いそうなこととして、台本に書かれていそうだ。

「特権なんて、俺は知らんねん。優遇なんてされてへんねん。それやのにおまえの言い分は、男ってだけでもうあかんみたいや。男はオワコンって？　反省しろって？　なにを？　だって俺、苦しいことばっかりやで？」

そんなの、知らない。

おまえのことなんて知らないよ。

「男」の否定が、すぐにおまえの否定に繋がる？　それって、貧しくないか……なあ、おまえ、もしかして、自分と時代が合ってないことに駄々をこねてるだけなんじゃないか？　そう思ったけど、言わない。なにが神経を逆撫（さかな）でしてしまうかわからなかった。まばたきのタイミングさえ僕は意識した。

「だから、なあ、あんたに教えてやってるねんで？　俺を、助けた方がいいって」

男の発する一音一音が線香花火のように控えめに、けれど死が間近にあるように揺れていた。

「助けた方がいい？」

僕の言葉と、「言うこと聞いてや」男が口にしたタイミングが重なり、「なかよしやな」と男が笑った。

足を括（くく）られた気がした。足をもつれさせて二人三脚をする。同じ方向へいくしかなくなってしまったような気が。

男は決め台詞のように、「ネットにアップされたくなかったらな」と言った。

頭の中で、ＳＮＳの画面がどぎつく光った。たかが落書きだと擁護してくれるコメントがどれほどあるだろうか。やったのがたった一箇所なら、「魔が差して」「酔った勢いで」なんて言えたかもしれないが、大量の映像を撮られてしまっている。晒されれば、後藤将生は表舞台から姿を消す。復帰できるかなんて、運でしかない。

「なにが、望みなんですか。金なら……」

あなたを理解したいと示すように言った。これは正解だろうか。神様、と僕は思った。そんなことを思うのははじめてだ。これ以上先も上もない言葉で、もう取り返しがつかないという気が一層高まった。どうすれば、許してもらえるんだろう。

男はかばんの中に視線を注いだ。安っぽいトートバッグで、仰向けで寝ている棒人間が描かれている。その中を、睨むように見ている。

なにかがまずいのだろうか。

「金なら」と僕は繰り返す。「いくらが、いいかな」

男の目が僕を見ている。

けれどその目は焦点そのものを見失ってしまったみたいに、ただ僕の方を向いているだけだ。本当には、なにを見ているのかわからない。

男は言った。

「金なんか、もうあってもしゃあない」

「もう？」

僕は、場の雰囲気を和まそうとするみたいに、「お金はあるんですね」と言う。

「そんな風に見える？」

男は続けた。

「家を……くれ」

「家？　それって、え？　この家を？」

「そう言うてるやん」

「なんで？　家？」

「ええやろ別に。動画を公開されるんと比べたら、家くらい」

早押しクイズに答えるみたいに、思考が数秒の内にぎゅう詰めになる。男は、この家に住みたいのだろう。こいつがここに住むことになったとして、僕がここを出ていけばいい話じゃないか？　僕がここを出て、別のマンションを借りる、男にはここに住んでもらう、その家賃は僕が払うことになるだろうが、法外な金を要求されるよりは、こっちの方が、当面はましかもしれない――その考えがいいものに思えたのは、一瞬だけだ。この家には、彼女の部屋がある。僕は、彼女の部屋を守らないといけないのだから。

「あの」僕は言った。「たとえば、金を渡してホテル暮らししてもらうとか、それじゃダメ……なのか」

「あかん。あんたもや。あんたもいっしょに暮らすこと」

「はあ？　なんで！」

「あんたテレビで言ってたやろ。いい人生を送るためには自分の歩むべき物語を見つけるのが大事って。俺の歩ける物語、どこにあると思う？　そんなん、ないよ」

「えっ……だから……？」

「あんたは、それを見つけなあかん」

「いや、ええ？　なんの義理があって」

「この半年、俺はあんたのことだけ考えてたから。あんたの言葉に傷つけられて、池袋で夜中あんたが落書きしてるのたまたま見つけて、俺はこれを役立てられるんちゃうかって。あんたは、俺の役に立つべきとちゃうんかなって。なあ、俺といっしょに破滅しようや」

「なに、言ってるんだ。なあさっきからおまえ、なに言ってるんだよ！」

「なあ」と男は言った。「透明人間を家に置くと思ってさ。なあ？」

頼むわ！　と手を合わせた。

「お願いやから」

言いながら男はスマホを見せ、落書きの映像を僕に突きつけてくる。頭の血管が切れそうだ。クソ野郎。クソ野郎。クソ野郎。

「僕に、拒否権あるのか」

「ないなあ。ないよなあ」

「ガチで、きしょい」

「わはは！」

「おまえ……いつまで暮らしたいんだよ」

「とりあえず……一か月」

「一か月……」

一か月。

一か月なら。

後藤将生である六年に比べれば、一か月くらいなら。

男は、フッと息を吐いた。目尻がほんの少しゆるんだ。こいつにとって交渉が終わり、疲れがやってきたのだということが、僕にはわかり、そのことで僕自身とてつもない疲労感に襲われた。

その場にへたり込みたかったが、僕はドアノブを握ってリビングへの扉を、最後は指で押し弾くようにして開けた。

広くはないが石目調（いしめちょう）のグレーのフローリングで統一された僕の家に、男は「おおー」と無邪気によろこんだ。棚の上の写真集やフィギュアを手に取り、そんなのに金を使っていることに呆れるように雑に元に戻す。こいつを殴るなら、今じゃないか？殴って、それでどうする？　もっと殴るのか。わけもわからず拳を握りしめていると、男がこちらを振り向いた。

「……シラセ。白い、あの、さんずいの」

間があって、名前か、と気づく。

瀬戸内海の瀬？　と聞くと、そう、と男は言った。俺を助けた方がいい、と白瀬は言ったのだ。

リビングとトイレ、洗面所と風呂以外は立ち入らないで。それでいいですかと聞くと、床にあぐらをかいた白瀬は頭が首から落ちるようにうなずいた。なにかの置き物みたいだった。目がろくに開かず、眠りかけていた。無防備さと脅しとのギャップにめまいがしそうだった。ここは僕の家なのに、この場所がどこなのかうまく捉えられない。そんな気持ち悪さ。他人との距離感のものさしを奪われていた。初対面の男が爆薬を持って懐に入ってきている。僕だけが一方的に相手のことを知らない。わかるのは、白瀬よりも僕の方が体格がいいということ。中肉中背の僕と比べ、白瀬は十センチ以上は背が低い。体重もかなり違うだろう。なにより、あの脚。いざとなれば僕は、こいつをねじ伏せられる。力では勝つことができる。でも、勝ってどうなる。こいつになにかあれば、動画をアップされてしまうだけだ。

にぶい音がした。白瀬が手に持っていたスマホが床に落ちていた。驚いて目を覚ますとスマホをポケットにしまい、またうつらうつらとする。バックアップくらい、当然取ってるよな？

「なあ……なんか、布団とかない？　毛布でもええねんけど」

胸の中で舌打ちをする。

自室のクローゼットを見てみたが、白瀬が望むものはなかった。リビングを通って彼女の部屋のドアを開けた。彼女の部屋の方がクローゼットが大きく、共用のものはそこに仕舞うことにしている。紺色の寝袋を取り出し、白瀬に放った。膝にあたり、わずかに弾む。その脚で寝袋は平気だろうか。そう思ったが、聞いてやりたくなかった。自分がひどい人間に思えたが、よりひどいのはどっちだ？　なあ？

「誰か、住んでんの」

落書きやテレビ出演について僕を追っていたのに、誰かと暮らしていることは知らないのか。僕は一瞬、恋人がいる、もうすぐ帰ってくるかもしれないと嘘をついて揺さぶってやろうかと考えたが、そんな度胸はなかった。

「同棲、してたんだよ」

「してた？」

「出ていった。三週間前に」

「あっそう」白瀬は安堵を息にして吐いた。「なんで出てったん」

「知らない。突然荷物をまとめて出ていって、あとからＬＩＮＥでしばらく帰らないって連絡があった」

なんの感情もにじまないようにして答えた。

正確には、彼女からは僕を拒絶する長文が送られてきていた。

一日だけ家出するつもりだったんだけどね、どんどん家に帰りづらくなって。きみが隣にいるんだって考えるのも、もう怖い。

きみはからっぽだよね。いつからか、からっぽになっていったよね。きみのからっぽさはなにも埋めてくれない。もういいやってなっちゃった。いっしょにいると、プレッシャーを感じる。試されてるみたいな気がする。きみの時々見せる、すべてがどうでもいいみたいな表情が私は怖かった。私のことも、自分のことさえもどうでもいいっていうきみのその感じが、つらかった。

「その人は帰ってくる?」

「さあ」と言って、曖昧なのはかえってまずいかと、正直に答えることにした。「いいや。もう帰らないと思う」言葉にすると、涙目になってしまいそうだった。

「ほんまやろうな」

「あんたは、他に、実家とか、恋人とか友だちの家とか、いくあてはないの」

踏み込み過ぎだろうか?

「あったら、こんなことしてないやろ。俺のこと知りたい?」

挑発するようにニヤついている。

「いや……どうせ、一か月だし」

たった一か月。

そう思おう。

がんばろう。

自室に引っ込んだ。ベッドに仰向けになってワイヤレスイヤホンを嵌めた。ノイズキャンセリングがきいて、なんの音も聞こえなくなる。目を閉じた。途端に世界が単純になったように感じ、少しでもリラックスできたらと願うけど、無理そうだった。バリアを張るより、恐怖を凝視している方がましな気がした。部屋のドアを開けた。

白瀬がこちらを見る。イヤホンを片方外し、「あの」と僕は言った。

「寝る時、電気、つけといてくれます？」

「なんでえ」

あんたがなにかしないか、不安だからだ。

白瀬は寝袋に入り、こちらに背を向けてスマホをいじりはじめた。

「てか、うるさない？」

「うるさい？」

「なにがって、車が」

「ああ」

環七通りを走る車の音が、ベランダの窓をくぐり抜けていた。がーっと皮膚をおろし金で擦られ続けるような音。

「ワイファイある？」

「あるけど、明日でいいですか」

「飲み物は」

「水道水を……コップは、プラスチックの緑色のやつ、それだけ使ってください。一か月経ったら、捨てるんで」

本当は、叫びたかった。

なんでもいいだろ。

好きにしろよ。

おまえが僕を支配してるんだから、いちいち僕に聞いたりするな！

夜の間、寝袋に包まる白瀬をじっと見つめた。監視と言った方がいいかもしれない。白瀬はひと言も発さずこちらに背を向けていた。時々、洟をすするような音が聞こえた。泣いているように思える瞬間があったが、泣いてたとしたら、なんなんだ？　こいつの事情なんて僕の知ったことじゃない。

いびきが聞こえたのは夜中の四時頃だった。音を立てないようにリビングに向かった。白瀬を見下ろし、無音設定にしたスマホのカメラで顔を撮影した。こうして見ると、妙に幼い顔に見えた。ヒゲも生えていない。生えない体質なのかもしれない。写真を何枚か撮ると、白瀬の顔面を画像検索にかけた。こいつが何者かは知らないが、写真のひとつやふたつインターネット上に転がっているかもしれない。そう考えたが、それらしきものはなかった。目を瞑っている画像だからなにも出てこなかったのだろうか。ダメ元で、「白瀬」「シラセ」と調べても関係のない陸軍軍人やゲームのアイドル、洋菓子店などが出てくるだけだった。白瀬の顔写真をスマホに保存しておくのはた。

癪(しゃく)に思え、削除しようと改めてその顔を見ると、やっぱり、宮野原くんによく似てい

朝になった。カーテンを少し開けて陽(ひ)の光を目に入れると眠気に襲われたが、自律神経が吹き飛んでしまったみたいで、疲れを抱えたまま眠ることができなかった。

九時頃、白瀬が起きた。僕は薄目を開け、寝たふりをして様子を眺めた。白瀬は洗面所へ向かい、「あー歯ブラシ」とつぶやいた。自分のを持っていないらしかった。洗面所には、スヌーピーのコップに入れた僕と彼女の二本の歯ブラシしかない。使うなよ、と念じた。白瀬は執拗(しつよう)にうがいをし、トイレへ入ったあと、寝袋を無理に収納袋に詰めた。それからトートバッグの中を確認し、僕の方を向いた。そっと瞼を閉じた。気づかれたか？　目を開けないでいると、玄関から出ていく音がした。

「うう。ううあ」

たまらず、声を漏らした。

ああああっ、と大声を出すと緊張の糸が少しはゆるみ、そのことで擦り切れる寸前だったことを体が思い出し、疲労感がのしかかってきた。ぼろぼろのメンタルを直視するのも見ないふりをするのもきつく、気絶するように眠った。

夢を見た。いつもの夢だった。テレビ局の収録スタジオにいて、セットの真ん中でひとり笑い転げている。スタジオには誰もいない。いくつかのカメラだけが回っていて、後藤将生である僕は、いい画（え）になるだろうかと体の角度を変えたりしながら大げさな笑い声を立て、陸に上げられた魚みたいに跳ね回ってきれぎれな息をしている。そうしながら僕は、モニターにうつる僕を見てもいる。「助けて」と言っている。そう叫ぶことが笑いになるとわかっているからだ、と僕を軽蔑の目で眺めながら、「助けて」と言い続けている。何十分も笑い転げたあと、夢はおきまりの展開になる。僕の背後にある、四季を模した豪奢（ごうしゃ）なセットのところどころに空白としか呼べない真っ黒い穴が開いていて、モニター越しにそれを見つめていると、穴という穴から、昔の洋楽のジャケットみたいに、顔がぬどうっと浮かび上がってくる。それらの顔は全てが宮野原くんのもので、彼は笑いながらなにか言っている。口の動きでそれが「助けて」だとわかるのに、僕にはどうしてもその声が聞こえない。

　目が覚めたのは一六時で、白瀬はいないままだ。大きなため息を吐くと、枕に顔を埋めて叫び、ベッドのマットレスを殴り、自分の腹を殴り、ようやく起き上がることができた。しつこく顔を洗って歯茎から血が出るほど歯を磨いたあと、平常心を取り戻さなければと、お湯を沸かして白湯（さゆ）を飲んだ。

その日は後藤将生としてのメディア露出はなかったが、書き物仕事の締め切りが迫っていた。雑誌に映画のレビューを書かなければならなかった。〝情けなくて男らしくない武士〟が戦国時代から現代にタイムスリップし、男たちの生きづらさを解きほぐしていく、というコメディ映画だった。原稿料は安く、二時間の映画を見てさらに一〇〇〇字弱のレビューを書くのは割に合わないが、リベラル発言が売りの後藤将生のキャラクターを考えると、受けておいた方がいい仕事だった。映画はオンライン上で関係者用に限定公開されたものをすでに見ていて、原稿を進めようと思ったが、どうにも気が散った。リビングを歩き回った。雑に畳まれた寝袋を袋から取り出すと、体温のかたまりがぶろぶろと家を泳いだ。生乾きの服のような、濡れた動物のようなにおい。タバコと、頭皮の脂っぽいにおい。漂う空気が、他人だった。

僕が出ていったら、どうなるんだろう。

そうなるとあいつはこの家に入れないから、僕の落書きは世間に流れてしまうのか。

あいつだけこの家に残して、僕が出ていくのは？

やっぱり、無理だ。彼女の私物があるのだから。

寝袋を放置し、彼女の部屋のドアを開けた。

彼女も、僕にとって他人になってしまったのかもしれない。やたらとにおった。ウッディベースの香水と、常温で放置した生肉みたいなにおい。彼女が生理の時にうっすらと感じるにおいで、そんなのが三週間も残っているはずなかった。生理、と言葉をあてて嗅いでいる自分が気持ち悪かった。誰にも知られてはいけない気がして息を止めた。

棚に飾ってある、僕と彼女の写真を手に取った。つきあいはじめの頃、東武動物公園で撮った写真。ハート形のイルミネーションを間に挟み、僕と彼女も手で半分ずつハートを作って、撮影してくれているスタッフさんに向かって笑っている。あの頃の僕のままだったら、彼女は出ていかなかった気がする。きみはからっぽだなんて、僕に思わなかったかもしれない。写真の中の六年前の、後藤将生としての活動をはじめたばかりの僕は、ちゃんと理想があって、それに燃えることができていた。男性社会を憎んでいた。男性たちを憎んでいた。恨みを持っていた。

ピー……ン……ポーン。

彼女の部屋のドアをぴっちりと閉め、インターホンのモニターを確認した。

怒りと恐怖で、その小さな画面を直視できなかった。通話ボタンを押すことも、終了ボタンを押すことも、なにをすることもできなかった。

ピー……ン……ポーンンン。

ピー……ン……ポーンンン。

チャイムが鳴る度に、体から力を失っていった。ブツっと音を立て画面が暗くなった。数秒後、呼び出しボタンが押され、画面がまた明るくなった。

白瀬がこちらに向けてスマホを掲げていた。僕が落書きをしている映像が流れている。インターホンの画面越しにうつるせいで、映像の中の僕はカクカクと途切れたような動きをしている。そうして、高架下の壁にニッパーの絵を描いている。

白瀬はパニィっと口角を上げている。

僕は泣きそうになりながら、通話ボタンと解錠ボタンを押し込んだ。玄関の鍵も開けた。涙目になっているのを察せられてはいけないと、顔を洗い、白瀬が家に上がると、濡れた顔のまま姿を見せた。白瀬は「びっくしたー」と、「り」を抜かして言った。

「びしょびしょやで。なにやってんの」

僕は、「座れよ」と言った。

「おまえって、下の名前は」

「なんや、急に強気やな」

この態度が白瀬を変に刺激しないようにと願った。ただ、この環境に慣れたら終わりだと思ったのだ。この家の主(あるじ)は僕なのだと、白瀬にも僕にも示したかった。

「なんで知りたいわけ」

「別に。知っといた方がいいだろ。一か月……」

まだ二日目という数字が瞼にめり込んでくる。

「教えへん」

白瀬は、とりあえず警戒しておいた方がいいという感じで、ソファに沈み込み、疲れた顔で僕を見上げた。

「じゃあ……歳(とし)は」

「なんなん？　まあそれならええか。二五」

ふたつ下、と僕が思うと同時に白瀬が、「おまえは二七歳」と言う。それだけで、内臓をつつかれたように不快だ。

「どこいってたんだよ」

「パチンコ。全然あかんかったわー」

「仕事とかは」

「やってへんなあ」

「あっそう」

「脚がこうじゃなかったら、もうちょっと馴染めてたかなあ」

脚じゃなくて、性格とかそういう問題な気がする。そう言ってしまうのと、なにも言わないことと、他人は別におまえの脚なんて気にしないだろと言うこと、どれがいちばん、こいつを傷つけるだろう。

「今やってることも、全然あかん」

「今やってること？」

それには答えず、「あんたみたいな奴に想像できる？」と白瀬は言った。

「どんだけがんばっても家賃と税金でぎりぎりの生活。東京出たらいいってわかってるけど引っ越すための金なんて貯まるわけない。擦り切れてちぎれる寸前の縄みたいな生活。死んでないから続けるしかないねん。どっかでプッツン切れて、体かメンタル壊すしかないってわかってるけど、じゃあどうしたらええわけ。いやもう、プッツンきてる。せやからこんなことしてんねん」

少し考えてから僕は、想像はできる、と言った。

「そんなの、いろんな人がそうだろ。生活とか仕事が思い通りにいく奴なんてごくわずかだろ。たとえうまくいってても、誰でもそれなりに生きづらさとか惨めさを抱えて、しんどいって思ってるだろ。おまえだけじゃないよ、つらいのは。みんなが報われるわけじゃないんだから、屈辱を感じてたって仕方ないだろ。おまえの暮らしの中にだって、ちょっとした楽しさとかあるだろ。そういうささやかなしあわせをしっかり味わっていけばいいだろ」

「ほんまに、想像ができるだけやん」と白瀬は笑った。「苦労は誰でもしてるって、俺の苦労を知らんあんたが言ってもバカにしてるだけやで？　結局、自己責任ってことやん。置かれた状況とか悔しさを受け入れろってか。あんたが言ってるんはそういうことやん。はあ。ハハッ。ハハハ。金持ってる、ええ家住んで、恵まれてる奴がなに言っても見下してるようにしか聞こえへん。想像はできたって、実感してないんやから意味ないやろ。あほやんけ」

なあ、なあ、と白瀬は言った。

「そんなんやから、後藤将生は、嫌われてるねんで。偽善者さん」

やっぱりこいつ、性格が終わってる。でも、どこかホッとしている自分がいた。好かれているにせよ嫌われているにせよ、後藤将生は注目されている。どんなかたちでもいい。話題性さえあれば、金を稼げる。そんな風に思う自分を、軽蔑する。けれど、この顔は微笑んでしまう。

「なんやねんニヤニヤして。やっぱバカにしてる。見下してるやん」

「違う。うれしいんだと思う」

なんだこの言い方。他人みたいに。

「はあ？　きっもちわる」

白瀬は僕にひいていて、後藤将生はより一層の笑顔になった。

僕自身と、世間から求められる後藤将生という役割とのギャップ。ギャップというほどには、自分自身もう差がわからなくなっている。この顔の脱ぎ方なんて、わからない。

「脅迫なんてしやがって」僕は言った。「しょうもないんだよっ！」「この野郎」もっと、言えるだろうか。ハイになっていた。こいつになら、言いたいことを言ってもいいのかもしれない。被害者という状況に寄り掛かって、取り繕わない感情を出してしまっても。悪態を白瀬にぶつけようと思った。言い慣れていないせいか、あまり言葉は出てこない。「クズ」「クズがよっ」僕は繰り返し言うばかりで、リズムに合わせて音を発するゲームでもしているみたいだった。

白瀬はそのゲームの最初の方こそ驚いていたが、途中からニヤけはじめた。

僕はピンときてこう言った。

「おまえ、録音してる？」

「録音じゃなくて、録画」

背中に隠すようにして、スマホのカメラがこちらを向いていた。

落書きという犯罪の証拠を撮られているのだから、よろしくない言葉遣いをしているところを撮影されても、どうってことないように思えた。

「それも、一か月経ったら消せ」

「ああ」

白瀬は満面の笑みだった。僕の威勢がいい分だけ、この場の支配者は自分なのだと誇示するかのように。

突然、白瀬の茶色い瞳に影がさした。

どこかから泥のかたまりが流れ込んできたかのように右目だけ瞳の色が濃くなった。

なんだ？　と僕が思うと、異変が認識されたことでスイッチが押されたみたいに表情が歪んだ。顔の右側だけ、怨霊に撫でられたように引き攣っていた。こめかみのあたりを強く押さえ、うめいている。

「どうした」

「頭痛い。うるさい。うるさいねん」

頭ん中で、と白瀬は続けた。めちゃくちゃいっぱいのタンバリンが跳ねて、跳ねて跳ねて、それで絡まってもまだ音立てて。うるさい。

「タンバリン？」

要領を得なかったが、僕はその光景を想像した。

シャララと音が聞こえてくる。僕の頭の中でそのタンバリンは、どうしてかぐんにゃり姿を変え、へこんだ円形になり、ハートのようなかたちをしたかと思うと、その先端が蕾（つぼみ）になって、中からは花の代わりにつめたい刃が芽吹いた。僕は、自分の想像に呆れた。これ、ニッパーだ。ニッパーは跳ね回り、シャララと笑っている。僕は、これから逃れられない。

自嘲するように笑った。その笑い声を、ひゅっと白瀬が吸い込んだ気がした。

白瀬は倒れるようにしてテーブルに突っ伏した。

「え？」

目の前の男から、すー、と寝息が聞こえた。

ずるい。

意識をなくしたいのは僕の方だ。

いっそのこと白瀬が出ていく日まで眠ってしまいたかった。寝ている間に、後藤将生を取り巻く環境がどう変わっているかはわからない。それでも、今みたいに感情をかき乱されるよりは、他のたいていのことはましだろう。

それかいっそ、朝起きたら魚にでもなっていたらいいのに。そこまでの理不尽に襲われてしまえば、なんの希望も抱かずに済む。そうなれば、僕のことを板挟みにしてくるいろいろなものは、嬉々として僕を押し潰してくるだろう。完全に押し潰されてしまえば、どれだけ楽になるだろうか。もう、なににも抗ったり、苦しんだりせず済むのだから。

2

一週間が経った。

白瀬は僕を苦しめ続けた。家でしこたま缶ビールを空けて酩酊することも、酔って帰ってきて吐くこともあった。僕への嫌がらせだ。あいつはイヤホンもせずに野球のスマホゲームをする。大音量で、パチプロか、競馬予想か、ゴシップ系YouTuberの動画を見る。有名人の誰が不祥事を揉み消しているとか、あのタレントに実は逮捕歴があるだとか。他人事には思えなかった。白瀬次第で僕は、何十万、何百万の視聴者のおもちゃになってしまう。

その日は、午後から討論番組の収録があった。不定期の準レギュラーという扱いだが、この間の愛染さんとのかけ合いが好評でその週も呼ばれていた。白瀬は午前中からどこかへ出かけていた。どうせパチンコだろうと思ったが、頭の中にあいつを存在させないよう、六秒数えた。自分の家でアンガーマネジメントしていることが、悲しくて笑えた。

家を出るまで少し時間があった。風呂に浸かり、念入りに保湿する。ストレスで胃が荒れているのか、頬に小さなニキビができていて最悪だった。BBクリームとコンシーラーでごまかす。それから白湯を飲み、バナナを食べ歯を磨くと、洗面所の鏡を見て麻酔クリームを塗った。脱毛の際は施術箇所のみだが、収録にあたっては顔中に塗ることにしている。麻酔の効きがよくなるように、鼻と口用に切れ目を入れたラップで顔を覆った。三十分も経つと、顔の感覚が薄れてくる。完全に麻痺するわけではない。頬に触れたりすると、そうしている、ということがわかる。でも、わかるだけだ。顔が、外から見えている表面だけになって、皮膚の下が消えてしまった。そこまで意識を及ばせられないような。いつからか、出番前に麻酔クリームを塗らないといけなくなった。僕自身を麻痺させると、後藤将生が生き生きと口を動かした。

光の下に立った。

何百万円もする豪華なセットを背景に、愛染さんが僕とカメラを半分ずつ見るようにしながら唾を飛ばす。五十代半ばの愛染慎也は、男尊女卑の考えやマジョリティとしての被害者意識をはばかることもなく主張することでテレビに引っ張りだこの人気タレント。

愛染さんは毎回の出演の度に差別的な発言で炎上し、批判以上の支持を集めていった。愛染さんが打ち出す物語はわかりやすい。

「……だからさあ、後藤くんが言ってるのはインテリ層の理想でしかないんだってば！　多様性こそが進歩の鍵？　すべての人々が平等に機会を持つための政策が必要って、そんなの理想論でしかないよね。後藤くんの言う〝すべての人〟を優先した結果、国民が不利になったら元も子もないじゃない。後藤くんが言うみたいにさあ、誰もの権利を守ろうとして多数派の不平等とか失業率が上がったらどうすんの。現に、われわれの血税が奪われちゃってんだから。多様性なんかより一体感を重視しなきゃ。ねえ？　大事なのは理想じゃなくて感情に寄り添うことだよ」

後藤将生が、カメラ目線多めで愛染さんに反論する。

「愛染さん、しれっとヤバいこと言ってるのわかってる？　少数派はどうでもいいって言ってるんだよ。愛染さんの言う一体感って、ただ排他的なだけでしょ。それって、社会の分断を深めるだけじゃないですか。こんなこと言うとまたきれいごとだって笑われるかもしれないけど、全ての人々が尊重されるべきなんだよ。それが人権なんだ。当たり前のことなんだよ」

「甘いよねえ。甘っちょろ過ぎるよ、後藤くん。それってただ、ポリコレ思想に毒されてるだけじゃない。それで日本の伝統や文化が脅かされたらどうすんの。移民や国際的な規制、マイノリティへの過剰な配慮が現に混乱をもたらしてるんだから」

愛染さんや彼のフォロワーにはきっと、「配慮」という言葉が、他者を向いたものではなく、自分たちに向けられた「禁止」に見えている。

「それ、怖がってるだけじゃないですか。愛染さんは、変化を拒絶してるだけじゃないですか！」

こんなの、茶番だ。

「なんでもかんでも欧米の考えを礼賛してどうすんの。ぼくらには自分たちの国を守る義務があるんだよ。自分たちの文化や価値観を守る権利があるんだ」

愛染さんも僕も、エンターテインメントの奴隷だ。

テレビの奴隷で、お茶の間の関心の奴隷で、ネットでの反応の奴隷。話題を作り続けなければならない、金を回さなければいけないというみんなの強迫観念の奴隷で、資本主義の奴隷。

「だからそれが、閉鎖的で差別的なんだって！　もっとオープンにならなきゃ！　愛染さん、他者と手を取り合っていかなきゃ！」

「なに言ってんの。きみの言う他者の利益が、ぼくらの利益と一致しない時はどうする？　そうなったら、自分たちを守るために武器を手に取るしかないじゃない！」

「だから！　そうならないために対話が必要なんだろうが！」

「対話、ねえ」

「笑うなよ！　愛染さんは、マジョリティの被害者意識を振りかざしてるだけなんじゃないの！　今の社会を延命させたいだけなんじゃないの！」

「ははっ。そりゃあね。マジョリティこそが国の力でしょ。彼らの権利が脅かされることなく、彼らが尊重されることがいちばん大事なことでしょ」

「あんた、自分がなに言ってるのかわかってんの？」

「多数派こそ生きづらいよ、今の世の中。少数派の権利ばっかり優遇されて、差別されてるんだから」

た。

「呆れてものも言えない」

やれやれ、とカメラ映えするように手振りを加えて大げさに言うと、オッケーが出た。

お疲れ様でしたーとディレクターの声が響いて、ADさんがピンマイクを外してくれるのをじっと待っていると、どこかからしっとりとしたマライア・キャリーの歌声が聞こえ、台車に載ったホールケーキが運ばれてきた。

台車は僕の前で止まった。ケーキのプレートに、「後藤将生さん28歳おめでとうございます！」と書いてある。

そうだっけか。

「後藤くん、おめでとう！」

愛染さんの声はカメラの有無なんて関係なく大きい。

「いやあ。めでたいなあ。えー、まだきみ二八？　あそう、三一くらいかと思ってたよ！」

「いやそれ、あんま変わんないじゃないですか！」

ツッコむと、愛染さんはうれしそうに僕の背中を叩いた。そのちょっと雑なコミュニケーションのために、愛染さんのことが気のいいおじさんに見える瞬間がある。

「今日も後藤くんキレ味よかったね。いやあ、よかったなあ」

あっはは一と僕は、苦笑いを隠すように笑う。

「お互い主義主張は違うけどさ。未来のためにがんばっていこうね」

未来のためにだとか、未来に貢献したい、子どもたちになにか残したいというのが、愛染さんの口癖だった。

なに言ってんだよ。

この人、なにもしゃべらなければいいのに。

排他的な思想を持つことと、それを口に出すことには天と地ほども差がある。なにもしゃべらなければいいのにと愛染さん本人に伝えたりしない。心の中でひっそりと思うだけだ。けど愛染さんは、それを表に出すことでお金を稼ぐ。排他的であることが仲間内の利権を守ることに繋がるのだという、論理でもなんでもない、ただみんなの中に、まるで本音みたいなふりをして存在する表面的な感情を掬い上げて、それを愛染慎也という名の拡声器を使ってお茶の間に届けている。

心底この人のことを軽蔑する。

同時に、妙な愛着を感じている。

キャラクターをぶらさずに、みんなが期待している暴論をテレビの尺にちょうどいいフレーズにして撮れ高を作る愛染さんのことを、共演者のひとりとしてすごいと思う。

愛染さん相手にちゃんとプロレスできていると、表舞台に立つ人間として自分に自信を持っていいのかもしれないなんて思うこともある。

愛染さんにシンパシーを抱く僕は最低だ。

スタッフさんがケーキを切り分け、出演者たちに配ってくれる。愛染さんはフォークの先端でクリームをねちねちと混ぜ返すようにつつきながらプロデューサーと談笑している。愛染さんが政党を立ち上げて立候補する、今度の参院選のことを話していた。

愛染さんが、ちょいちょい、と僕を手招きした。

「後藤くんあのさ、ボランティアになってくれそうな人知らないかな」

「ボランティア？　あー、選挙のですか？　いやそんなん、僕に聞かないでくださいよお」

「そう？　ぼくの話に共感してくれる、できれば男の人がいいんだけどな。意外と後藤くん、心当たりある気がするけど」

ええー、と、汗をぐっしょりかきながら笑った。

この時の愛染さんに、あんなことをしでかす片鱗がすでにあったのだろうか。僕は気づけなかったのだろうか。それとも、気づいていたのに見てみぬふりをしていたのだろうか。とにかく僕は、愛染さんにある種のシンパシーを覚えながらも、収録外で彼と話し込んでいると思われたくなかった。主義主張の違う相手と笑い合っているところなんて見られたら後藤将生のキャラクターがブレてしまう、それだけで嫌われてしまうかもしれないと誰かの目を気にして、早々に会話を切り上げてしまった。そんなのするべきではなかった。愛染さんとだって、誰とだって、もっと話をしておくべきだった。


この日は電車で帰った。高円寺駅からマンションまでは歩いて十分ほど。震える夕日に向かって手を構えた。透明なスプレー缶を握って。あそこまで、僕の暗やみは届くだろうか。太陽に落書きをする。地球に届く影は、僕が描いたニッパーのかたちだ。僕は、痛みを知ってほしいのだろうか。ひとり残らず、全員に?

玄関の扉を開けると、涙が流れた。体が反応していた。そのわけを自覚すると、さらにこぼれた。

彼女のにおいがしていた。

スギの木とスパイスが入り混じった香水のにおいを嗅いだ瞬間、頭の中が彼女でいっぱいになった。

パズルゲームが得意で、スプーンの握り方が独特で、はじめて食事をした時にじっと見ていたら、恥ずかしがるでもなく「いいでしょ」と笑って、いっしょにゲームをすると絶対メインクエストに興味を持てずにアバター作成や肉を焼く作業にハマって、子どもの頃は獣医さんになりたくて、大人になった今では動物の病気や飢えを助けることだけが人間の美徳なんだって本気で言い張る。二週間に一度花を買ってきてくれた。花がきれいに咲いたり調子がよくなかったりすることに一喜一憂して、そういうところがすごく素敵だと思うって僕が言うと、ますます笑顔になった。

僕は、彼女が自由に感情を出せるのがうらやましかった。そういうの、男の僕にはできないと思った。自分の感情を出すよりも、目的や与えられた役割ばかり追い求めてしまうから。

彼女が他のなにでもない自分自身であることを謳歌しているみたいによろこんで、怒って、悲しんで、僕にサプライズする時にはいつもニヤけるのを隠しきれなくてばれてしまって、失敗したーってあからさまにしょげたりする。そんな風に豊かな内面があって、彼女が彼女であることが、うらやましくて仕方がなかった。

帰ってきた。帰ってきてくれた。こんな僕と暮らしていた、この家に。

リビングにはいなかった。

僕は、「さくみ?」とノックをして彼女の部屋の扉を開けた。

姿が見えない。寝ているのだろうかと、かけ布団をめくってみる。いない。なんの膨らみもなかったのだから、この中にはいないとわかっていたけれど。トイレ? 洗面所だろうか。いや、ベランダ? それとも、クローゼットの中にでもいるのだろうか。どこかに隠れていて、僕の反応をこっそり見ておもしろがっている? そういうこと、さくみならしかねない。

じゃあ僕は、どう驚こう。

トイレの水を流す音がした。なんだ。僕は声を出さないよう口を押さえた。驚かしてやろう。ここで待ってようか。いや——

「じゃあああああん!」

両手を広げてリビングに飛び出た。

「びっくりしたー」と驚いてから、「どないしたん」と白瀬は、バカにしたくなるものでも見るように笑った。「えらい、ごきげんやな。ああ。今日あんた誕生日やろ。知ってるで。ウィキペディアのっとったもんな」

「は？　は？　は？　は？」

「なに？」

「さくみは？」

「さくみ？　誰？」

僕は白瀬の腕を摑んで、鼻を近づけた。

「おまえ。なんで。勝手に、彼女の香水、使うなよ」

僕は、さっきより泣いていた。

僕自身が蔑ろにされるなら、まだ耐えることができた。でも、おまえは、さくみとの思い出に侵入したんだ。

「ころす」

と僕は言っていた。子どもみたいに殺意を示す以外できなかった。息はゼエゼエと、次第に過呼吸のようになっていく。白瀬は悪態をつく僕をおもしろがるように見ていたけれど、「コロズ……ゴロズ……ゴロ……ズウウ」と僕が言い続けるものだから、冗談が通じない奴を前にしているみたいに戸惑いはじめた。

「わかった。わかったって。ただの出来心やんか。つい手に取りやすいところにあったから。もう使わへんから」

「ぼがにば……ぼっ……ほかには、なにもしてないだろうな」

「してへんしてへん。彼女さんの部屋にも、もう入らんから。ちょっと、落ち着けって。な？」

僕の中の大切なものは、壊れることをやめてくれなかった。さくみとの暮らしがもう過去のものだと、よりによってこんな奴に突きつけられたのだ。

自室に引っ込み、思い切り扉を閉めた。ベッドに横になった。泣いていることでよけいに泣いてしまう子どもみたいに、どうしようもなかった。目から、白瀬への怒りが溢れた。

白瀬が家を出たのは、一八時頃だった。

玄関の扉が閉まると、僕は途端に冷静になった。あいつの弱みを握りたかった。脅し返したかった。全て晒してやりたかった。上下黒の目立たない服に着替えた。マスクをして帽子をまぶかに被った。

マンションの外に出ると、右脚を引きずって歩く後ろ姿が見えた。僕はスマホを見ているふりをし、距離を縮め過ぎないように歩く。六月の湿気にじりじりと刃(やいば)をさし込むように、白瀬のあとをつけた。

スーツ姿の男たちが、電車に揺られながら話していた。上司と部下に見える。愛染さんと同じ五十代半ばくらいの男が、隣の三十代半ばほどの男に、「なにもチクらなくてもねえ」と笑っている。相槌を打つ男の隣には、さらに若い二十代前半の男が立っている。

「セクハラだってさ。冗談に決まってるのにさ、あれくらいのことで騒ぐなんておかしいじゃん」

「まあ、ねえ～……不快に感じちゃったんじゃないですか？」

「不快って。そんなの言い出したら、なにも話せなくなるじゃない」

「まあねえ～、難しい時代ですもんね～」

「犯罪者扱いかってーの。和ませようとしただけなのにね。やってらんねえよ。定年までの辛抱だけどさあ！」

「まあ～ねえ～。ね、どう思う？」

話を振られた若い男は、「ははは！」と笑い声を立てた。お茶を濁すように笑ったかと思うと、黙り込んでしまった。

僕は車両の端から、後藤将生の立ち振る舞いの参考にできないだろうかと彼らを凝視した。若い男は、連れ合いのセクハラがまずつらいし、注意できない自分もつらいのかもしれない。若いというだけで、彼を傷つきやすい若者として造形した。前時代的なことを宣う上司へのイラつき。注意することで仲間はずれにされたらどうしようというシンプルな思い。注意して自分が男社会からのけものにされたらどうしようという不安。後藤将生なら彼らに向かって、「あなたたちこそが不快ですよね」くらいは言うかもしれない。僕なら、なにが言えるだろう。後藤将生というフィルターを通さない僕にならば。

少し考えてみたけれど、なにも思い浮かばなかった。

白瀬は、三人の前の席に座っていた。

あいつはじっと向かいの窓を見つめている。広告が貼られていた。後藤将生が愛染さんと共演する番組のポスター。中央にいる愛染さんが正面を見、ガッツポーズするように腕を上げている。愛染さんの左右に、他の出演者たちと共に後藤将生も並んでいる。仲間みたいに同じポーズをしている。

白瀬が電車を降りた。

地下通路を歩き、西口広場に出ると飲み屋街の方へと向かった。居酒屋の前でたむろしている集団やキャッチの間を難儀そうに縫い歩き、時々肩をぶつけながら奥へと進んだ。なにか起きないだろうか。僕の落書きなんかより致命的なことを白瀬がしでかさないかと、スマホで動画を撮った。

僕の殺気が伝わったみたいに白瀬が振り返る。

心臓が跳ね、あわてて電柱の陰に隠れた。十五秒数えてから顔を出すと、白瀬の姿がなくなっていた。

透明な足跡を小走りでたどりながら、あいつにはこうやって足を速めることも難しいんだろうと思う。それって、どういう時間感覚だ。どういう悔しさだ？ 角を曲がると、いつものトートバッグを肩に掛けた白瀬の背中が見えた。メイン通りと比べるとひっそりとしたいかがわしさが漂っていた。血色の悪いネオン看板を掲げたラブホテルがあり、そのそばの暗がりへ白瀬は入っていった。

通行人を装って暗がりに近づいた。半地下へと延びる短い階段の先にガラス張りの両開きの扉があった。なにかの施設のようだった。扉の内側では、緑がかった蛍光灯が照っている。クリーム色の廊下が続いていた。

その奥から、黄色と黒の法被（はっぴ）を着た初老の男が歩いてくる。

僕は身構えた。逃げるべきかと思ったが、中から扉を開け「よっこいしょ」「よっこいしょ」と階段を上ってくる男に、こう聞いてみた。

「あのお……ここって」

「おん？　チケット、買うの？」

一時間後、僕はパイプ椅子に腰掛けていた。

法被の男に、白瀬を知っているかと聞いたが、「さあね」と言われた。ここにさっき入っていった脚の悪い男を知っているかと聞くと、「そりゃあ、あんたチケット買ってくれなきゃね」と言われた。どうも白瀬を知っていないわけではないらしかった。チケット代は一五〇〇円だった。

「ここは、なんです？」

「なんでもやってるよお」

しわしわの手から渡されたチケットには、「みたらし焼酎ｖｏｌ．２」という公演名が書いてあった。みたらし焼酎ｖｏｌ．２？　検索すると、お笑いライブらしかった。ＳＮＳの投稿には、チラシの画像などはなく、出演者の名前が羅列されているだけだった。それらの名前をひとつひとつ調べたが、顔が出てこない演者もちらほらといた。

チケットを手に入れたあと、劇場近くの自販機横で見張ったが、白瀬は出てこなかった。

三十人規模の客席には、僕を含めて四人しかいない。人数以上の客がいるみたいにパイプ椅子がやたらと軋んだ。なんのアナウンスもなしに、眠たいオレンジ色の照明が暗転し、九十年代に流行した渋谷系J-POPが出囃子として流れた。

片手にタンバリンを持った白瀬が袖から脚を引きずりながら現れ、光のもとでスタンドマイクの前に立つ。

「どーもーー。ええ、さて、はじめていきましょうかね。ね、漫談と言いますかスタンダップコメディと言いますか、ま、あることないことこうやってマイクの前で話させてもろてるんですけど、あのー、この脚、やっぱり気になりますよね。ちょっと聞いてくれます? 中学生の時なんすよね。脚がこうなったの。中一の時にね、学校にいく途中でバイクが突っ込んできて。そっからなんですけど、まー言うても、目立つやないですか。この脚ね、目立つから、アイデンティティっちゅーか、俺のキャラみたいになってきてて、俺よりも自己主張が激しいんですよ。今日はちょっとそのあたりを聞いてもらおうかなと思いまして、ここに立たせてもろてますー」

ヘイヘイとタンバリンを鳴らす。

「中一の秋のことです。もう事故から少し経ってますね。学校の文化祭で出し物を、劇をしようということになりましてね。さて配役をどうしましょうという時に、クラスで俺がひそかにあこがれていた、誰にでもやさしく接してくれるサイトウさんって女の子が、すっと手を伸ばして、先生に向かって満面の笑みでこう言いました。『脚を怪我している人は動かない役がいいと思います』それで俺は、王様の役になりました。本番はただ椅子に座ってるだけ。うむ、うむ、ってうなずいてると崇め奉られる。バイク事故さまさまですよね。ここ、笑うとこですよー」

シャララ、とタンバリンが打たれる。

「大人になってからはね、面接とかで苦労しましたね。俺が脚引きずってるのを見て、面接の担当者はまずこう言うんです。『うち、バリアフリーないんだよねえ』って。そのひと言でもう面接終わるんです。他になにか？　出口あっちですけど？　みたいな空気になるんです。ははっ。俺は、ただ片脚が悪いだけやのに、それだけで、なにもできないみたいに思われてるんですねえ」

ヘイヘイ。シャララ。

「今日この劇場まで、電車と徒歩できました。だいたいの人は、脚引きずってる俺を見たら避けてくれるんですよね。でもね、逆の人もいるんです。避けてくれる人が多いから、かえって優遇されてるみたいに見えるんですかね、それとも単にむかつくんですかね。わざわざ足を引っ掛けてくる奴がいるんですよね。ひどい奴やと、こう、スカーン！　と足払いするみたいに。ちょっと、やってみましょか」

白瀬はマイクから一歩下がり、左足を振り子のように揺らすと、目の前にいる架空の誰かを痛めつけるみたいに勢いよく右足を払った。うまくバランスを取れなくてくずおれるように転んでしまう。タンバリンが手から離れ、ぴゃんりりりと舞台を滑っていく。前列の客が短い悲鳴を発した。「ああ、自分がこけてしまいましたわ」と白瀬は倒れたまま言った。

「俺ね、決めてるんです。そういう風にね、差別されたら、そいつのこと笑ってやろうって決めてるんですよ。だって、差別されてるのに笑ってたら怖いでしょ？　もう近づかんとこうってなるでしょ？　こういう風にね……ハハッ！　ははは！　あはっはは！」

　客席は静まり、パイプ椅子と白瀬の笑い声だけがうるさい。白瀬は身をよじらせる。逆さ向きの乗り物がそこにあるように、両手と左足で空を漕ぐ。右足はうまく動かない。舞台上で不遇を語ることは、白瀬にどういう意味がある？　この笑いは？　僕は、目の前で流血事件が起こったみたいに目を逸らすことができなかった。体はここから逃げたいのに、脳は興奮して、目がどうしても見てしまう。見せたいんだ、と僕は思った。あいつはこの痛々しさを。この自傷みたいなコメディを。あいつが吸い込んで

きた暗やみを。おまえらだぞ、と聞こえた。おまえらが、こんな自分を作ったんだ

——それは、僕の声だ。

おまえらのせいで、後藤将生なんかが生まれた。

笑い続ける白瀬を見つめる。

また、塩素のにおい。記憶の中のあの更衣室。

やめろよ。やめてくれ。

白瀬は立ち上がり、一礼だけすると見せつけるように脚を引きずって袖に引っ込んだ。

ボーカロイド楽曲が出囃子で鳴り、どちらも痩せてぱっつん前髪の男女コンビが登場する。僕は劇場の外へ出ることにした。

気分が悪かった。嗅覚がおかしくなっていた。塩素のにおいしかしない。頭の中で、十年以上を遡って宮野原くんの笑い声が聞こえ続けていた。ラブホテル前の植え込みに吐こうとしたが、僕の胃からはなにも出てこなかった。

劇場に戻る気になれず、階段の前にしゃがみ込んだ。

やがて両開きの扉が開き、僕以外の三人の客が出てきた。演者が出てくるまでにどれくらいかかるのだろう。そもそも表口からは出てこないかと、建物の裏手へ回り込

むと、白瀬の声が聞こえた。隠れて様子をうかがった。白瀬はタバコを吸いながら、四十代に差し掛かるくらいに見えるスキンヘッドの男と共にスタンド式の灰皿を囲んでいた。

「ごめんな、って、なんすか」白瀬が男に言った。

芸人の先輩らしき男が、「はっきり言うのがやさしさだろって」と言う。「おまえさ。ああいうネタ、もうやめとけよ」

「はい？」

「ああいうさあ、ブラックジョーク？　ユーモアのつもりかなんなのか知らないけどさ、どうしたって気まずいって。もっと、人をハッピーにするネタしろよ。あれで笑ってくれたとしてもさあ、それって、お客さんが配慮してわざと笑ってくれてるだけだって。暗転の間にマイクの前にきて、暗転で出ていくとか、もっとやり方あるだろ。おまえは、その……重いか軽いかで言ったら、軽い方だろうけどさ、ちゃんとウケたかったら、障害のある体なんて見せるなよ」

「ハハ、ハハハッ、ハハハハ」

「笑うようなこと言ったか？」

「あんたの事情でしょ」

「ん？」

「あんたが直視したくないから、そういうこと言ってるだけでしょ。クズがよお。あんたもどうせしょうもない男やんけ、クズがクズを差別して、どうすんねん」

「おまえ」男はプライドを裏返されたようにムキになり、白瀬の胸ぐらを摑みさえした。「わざわざおまえのために忠告してやってんのに、先輩に対してなんじゃその口の利き方は！」

「しょおもな」

「おまえもうどのライブにも呼んでやらんぞ」

「まじでしょおもない奴」

けけけ、と白瀬が笑う。

男は白瀬の胸を強く押すと、背を向け劇場に入っていった。

よろめいた白瀬はうまく踏ん張りがきかないのか、ゆるく傾斜になったアスファルトを、「とっ、とっ、おっ」なんて言いながら後ろ向きに下がってくる。

よろめく白瀬の背中に、僕は手を添えた。

違う、と思いながら。

僕が支えたかったのは、こいつじゃない。

僕と白瀬は、ひと言も交わさずに駅に向かい、電車に乗った。

僕がなぜあそこにいたのかも、あのネタや先輩とのやりとりを僕が見ていたのかどうかも白瀬は聞いてこない。ふたりとも無言で、二、三人分の間隔を空けて吊り革に摑まった。

白瀬になにを言ったらいいのかわからなかった。腑に落ちない感情が言葉をもつれさせた。あとなんてつけなければよかった。嫌な奴か、虐げられてきた奴、どっちかでいてほしかった。ころす――家を出る前に抱いたその気持ちに、正当性を持ち続けていたかった。

混乱していた。白瀬のことを疎ましく思う気持ちは依然としてある。一方で、白瀬の事情を考えようとする僕もいる。危機が生まれていた。こいつをかわいそうだと思ってしまう。敵だけにしておけないという危うさ。こいつが受けてきた差別なんて知りたくなかった。どこまでも憎み続けられる、悪者でいてほしかった。

車内のモニターに流れる広告に後藤将生の顔がうつった。「ストレス社会を生き抜くあなたへワンポイントアドバイス！」光沢のあるフォントのコーナー名が回転しながら躍り出てきて、本棚と観葉植物を背景にした後藤将生がひとさし指をピッと立てながら、いやに白い歯と陶器みたいなのっぺりとした肌を見せている。そいつが口を開くと、字幕でこう表示された。

「これからの世の中、傾聴と共感が大事になってきます。傾聴とは、相手の話を最後までよく聞くこと。共感とは、相手の立場に立って、その人の感情を理解しようとしてみること。このふたつを意識して、円滑なコミュニケーションを心がけましょう」

こんな言葉が、白瀬にどれほど意味があるっていうんだ?

「同情してんのか」と白瀬が口を開いた。

「同情?」僕は聞いた。

僕は、白瀬に同情しているのだろうか。まあ、そうかもしれない。

かわいそうだと思うと、気持ちのよさがあった。内臓から自分が発光するような錯覚を覚えた。

「あの先輩、ねちねちしつこいことで有名やねん。今かて、ほら、いろんなLINEグループで俺の悪口あることないこと言いふらしてるし。俺も入っとるっちゅーねん」

僕がなにも言わないでいると、白瀬は続けた。

「芸人やと、恰好つくと思ったんやけどな。ドラマに出てくる芸人って売れてないやん。せやから、売れてない、金のない俺は物語の中におるんやって、そんな風に思えるんちゃうかって。芸人やったら俺は、貧乏でもみすぼらしくても、どうしようもなくても、やってける気がしてんけど、違うかったな。なあ、俺の物語って、どこにあると思う?」

「物語? 僕にあるみたいに聞くなよ」

「あんたはだって、ほら」

白瀬は、空虚な奴がうつるモニターを見る。血がゆっくり凍るように居心地が悪かった。僕にあるのは、後藤将生っていうからっぽのキャラクターだけだ。

家に帰り、クローゼットから大きなリュックを取り出した。

「どっかいくん」

「ランニング」

次に彼女の部屋に勝手に入ったら本当に許さないからな、と念を押した。

夜の一〇時頃だった。

もう、限界だ。

体の中で黒々としたものがねずみ花火みたいに暴れていた。急かされるように僕は走った。

目当ての高架下近くの公園のトイレに入った。これからアレをするのだと思うとテンションが上がり、手洗い場の鏡を見て顔を叩いた。バシャッと、針の幕を浴びせるみたいに両頬を。自分を壊したい気分だった。

高架下の壁を照らすと、クリーム色が褪(あ)せたような風合いをしている。スプレー缶を取り出し、ノズルを押し込むと、緑色の塗料が子どもの笑い声みたいにきゃっきゃと溢れ出した。体を血流がめぐる。壁面には、人の顔に見えるシミがある。その口にスプレーを噴射した。白の缶を取り出し、同じところに噴きかける。緑と白は、うがいでもしているように泡立ち、混じり合うとだらけきって垂れていく。シンナーを吸わないよう、僕は息を止めていた。舌で空気を転がすようにしながら、限界まで呼吸を我慢する。誰かがここに現れて、僕の口と鼻を塞いでくれたら、抵抗しないつもりだ。そう思っているのに、鬱陶しいほどに体はもがいてしまう。僕はこのまま息を止めていたいのに、限界がきて口が開き、また閉じて限界がきてを繰り返した。

飽きるほどいろいろな色でニッパーを描いた。

高二の夏、僕の乳首を潰したニッパー。

3

僕が生まれ育った市は東西に二十キロ、南北に三十キロほどある。大半が山と田んぼでできている。人口は三万四千人と少し。ほとんどが一軒家で、高齢化が進んで当時でも五軒にひとつの割合で空き家があった。「なにもない」ということしかないから、噂というかたちで住民たちは繋がっていた。見知らぬ人間が国道沿いを散歩しているだけで、その日の夜には電話で情報が回され、噂話として食卓の娯楽になってしまう。家という家から陰気な空気が漏れ出ていて、それを吸っては吐き出すことで街ができていた。

宮野原太陽くんは、僕と同じ高校に通っていた。

七月だった。四時間目の体育はプールで、授業が終わり、僕らは更衣室で着替えていた。クラスには十一人の男子生徒がいたが、この日は七人だった。ひとり風邪で学校を休み、三人が停学になっていた。コンビニの駐車場の郵便ポストに、食べ終えたばかりのカップラーメンの容器を無理に突っ込んだのだ。

プールの更衣室は改修されたばかりで、どぎつい塩素のにおいが漂っていた。宮野原くんは、停学になった三人に気に入られていた。正確に言うなら、ひとりに強めにあたられ、もうひとりがそれを楽しそうに見ていて、あとのひとりは「まあまあ」と宥(なだ)めながら笑っていた。

宮野原くんはイジりの的だった。なにかを隠されるだとか、金をたかられるだとか、いじめらしいことはされていないように僕には見えた。でも、どうだろう。されていないように見えたって考えるまさにそのことによって、僕を含めクラス全体で宮野原くんをいじめていたのかもしれない。

宮野原くんは着替えながら、ぶつぶつとひとり言を唱えていた。三人が学校にこないことにホッとするどころか、怯えていた。彼らが今いないことより、そのうちに停学が明け戻ってきて、また日常が再開されるということに。

宮野原くんが突然、自らの右の脇腹を叩いた。ズボンと靴下に白の肌着という恰好だったが、肌着の襟周りを首に通すのではなく頭のてっぺんに引っ掛けて、そういう怪獣かおばけみたいなものとして、ふざけているみたいだった。背中と肩が窮屈で肩が丸まった体勢になりながら、右の脇腹を叩き続けている。そこまで強くじゃない。他人の体を相手にするみたいに、つつくように触れては手を離していた。

その様子を横目で見ながら、僕は思い出した。一学期のいつだったか、休み時間の教室で宮野原くんが学ランとシャツを脱がされ、同じく怪獣かおばけみたいな恰好をさせられながら、あの三人にくすぐられたり、脇腹をリズムよく叩かれたりしていた。ごく軽くに見えたし、実際そうだったかもしれない。する方もされる方も、うれしそうに笑い声を上げていた。僕にはそれがイジりに見えていたのだけれど、宮野原くんには違ったのだろう。もしくは、イジりが積もることによって、宮野原くんにとっていじめになったのかもしれない。

脇腹を叩くのをやめると宮野原くんは、肌着を元に戻し、ボタンを下から丁寧に留めてシャツを着た。それから今度は青いタイルマットが敷かれた床に仰向けになり、もぎもぎと体をよじりはじめた。……やめっ。やめろ。きゃは。やめてって。ぎゃ……や……やーめーろって。ひとりでそう言い続ける宮野原くんは、見えない三人にくすぐられていた。ハァハァとうれしそうな声が、ハァハァと苦しそうな声に変わっていき、宮野原くんは体を大きくよじった。三人が他の男子を呼んだのかもしれない。あっ、だめ、やめて、いやっ——ハッ、ハハハハハ——股間を押さえて、笑いながらばたばたと震える。股間に足の裏を押しつけられ、揺さぶられている。まだイジりだろうか。宮野原くんは笑っているし、僕だって、されるにしてもするにしても、笑ってしまうだろう。宮野原くんに触れる透明な手はどんどん増えて、宮野原くんは大笑いした。

気まずかった。けど、その場で大事なのは宮野原くんの笑い声だった。あの頃、僕たちはみんなそうだった。誰かに暴力を振るう時も、そこから逃れようとする時も、許されることを期待するみたいに暴力を受け入れてしまう時も、見てみぬふりをする時も、どんな時も笑っていた。十代の僕たちは、笑っていると、なんだってはぐらかすことができているように思えた。深刻じゃないと思えた。暴力に対するどんなそぶりも、自分から率先してやっていることではないのだと、笑いで震える体ごと感じることができた。僕たちは笑うことで場に従っていた。笑っていれば、ちゃんとこの場にいられて、ダサいと思われなくて済むのだと。笑い声で揺らせば揺らすほど、ノリというものは強さを増して、密度が高まっていった。当時からそんなことを言葉で考えていたわけではないけど、どんなノリでもそれに従ってしまうことは、ひとつのゲームをみんなでこなしているみたいで、怖くも楽しいことだった。

宮野原くんが見えない手にくすぐられ続けると、気まずさは増えていった。ひとりで、なにやってるんだよ。みんなそんなことやらないって。そういうの、ヤバいって。宮野原くんは、普通の男子がしないことをしていた。だから他の連中は、宮野原くんのことを笑ってやって、彼をちゃんと僕たちの中に入れてあげないといけなかった。

宮野原くんを見下ろす僕たちは、見えない手を払いのけ、本当の手を加えた。もう宮野原くんがひとりで笑っているようには見えなくて、宮野原くんを助けることができた。僕たちも助かった。うれしくて笑った。うれしくて、制服を着て、半裸で、床に転がって、みんなでくすぐりあった。

笑った。笑った。途切れることはなかった。脳が言葉を拒み、ただ空気を肺いっぱいに満たしたくて、笑うほどに、自分がなにをしているのかわからない。乳首をつねりあうのが、楽しかったんだと思う。触れられて、あん、と言って、やっ、と言って、女子のふりをした。そうやってアピールしていた。自分はちゃんとした男子なんだって。つねられて、相手の頭を叩くと笑いになった。

宮野原くんは楽しそうだった。僕たちの誰かの乳首をつまんでいた。宮野原くんが反撃しているから、これはいじめでもイジリでもない。単にノリだ。遊びなんだと思えた。

僕たちは、どれくらいの間ふざけていたのだろう。いつの間にか僕は羽交い締めにされていた。自分からそうなりにいったのかもしれない。僕はターゲットになった。僕たちの誰かの手にニッパーが握られていた。なにそれ。ロッカーの上に工具箱があった。蓋が開いていた。どうしてこんなのがあるわけ。改修が終わったばかりだから？　変に冷静な頭で考えながら、僕は明るく言う。

「ちょ、こわいこわいこわい！　こわいこわいこわいこわい！」

僕たちの誰かがニッパーを僕の右乳首の前へ持ってきて、「うぇぃ〜」と後ろへ引く。ニッパーは隣の奴に渡され、「うぇい〜」何度も繰り返される。回されるほどにニッパーと乳首の距離が近づいていく。閉じた刃が触れた。つめたさに「びゃはは」と笑っていると、「やめっ、やめろって」それが合図みたいに、宮野原くんはニッパーを持つ手をほんの少し握った。

頭の中でピカッと破裂音がした。乳首の根っこに血がにじんでいた。つめたさと熱とその振れ幅を無限に感じるだけで、痛いかどうかわからない。興奮していたのかもしれない。僕は必死で考えようとした。僕の立ち振る舞いで、僕たちのこれからが変わってしまう。このことを、大ごとにしちゃいけない。

「平気平気、大丈夫だから」

そういう意味のことを何度も繰り返した。焦っているように見えてはいけなかった。シャツを羽織るように着て、ゆるく丸めた手を右胸にあてがう。おっぱいだ、と僕はおもしろいみたいな顔をしてその場を離れる。保健室へ向かいながら、言い訳を考えていた。宮野原くんの名前は出せない。僕たち——僕たち——ノリでふざけてたら——ちょっとふざけてたら——それで——それだけ——それくらいで、いいかもしれない。男の乳首なんてふざけるためにある。そう思うと、なにも起きていないような気がした。

保険室は鍵が開いていたが、誰もいなかった。だったら別に、大人に報告することでもない。電気の点いていない保健室に、昼の黄色い光が差し込んでいた。ぎらぎらと光の溜まった床の木目を見ていると、変な感じがした。自分が今どこにいるかわからないような。意識が体から離れるみたいな。不安になった。右の乳首を触ると痛かった。指についた血を舐めた。

消毒液をティッシュに含ませ右乳首にあてた。痛みに歯を食い縛る。体の中に痛さの箱ができて、そこに心臓が収められたみたいに痛みと鼓動をいっしょに感じた。なんとかやり過ごすと、これみよがしに絆創膏(ばんそうこう)を乳首に貼った。

これを見せたらウケるだろう。

ウケたら、宮野原くんもかなり楽になるだろう。

大人に見つからないように教室へ向かった。

「見て見てー」

バッ！

変質者みたいに胸を露出する。

宮野原くんは僕たちの中で、ぎゃああと叫ぶように笑った。

笑ってくれた。

それから何年かは、僕も、僕の乳首も大丈夫だった。

ぽろっとちぎれ落ちてしまうんじゃないかと不安に駆られることもあったが、潰れた乳首は役に立ってくれた。

片方の乳首だけ潰れてる、クラスメイトにニッパーで挟まれちゃって——男子にそう話すとウケた。女子に話すと、笑ってもらえるか、若干ひく感じで興味を持ってもらえた。実際にそれを見せると、反応はもっと大きくなった。

危機が訪れたのは大学二年、僕が二〇歳の時だった。

その日、百人規模の教室で行われた講義に代返のために潜り込んでいた。ジェンダーについての講義だった。僕は眠る気でいた。この日は映像を見る回らしかった。

「まず、これを見てください」

痩せて偏屈そうな男性教授が言った。

教室前方のスクリーンに映像が浮かび上がる。そこには高校の教室がうつっている。誰かが教室でカメラを回している、という体の映像だ。視点を担う人物は席について同級生の女子と話をしている。声色から察するにカメラの持ち主も高校生の女子だ。

彼女たちは、別のクラスの女子とスニーカーが同じで、絶対あいつが真似をした、信じられない、という話で盛り上がっている。男子生徒たちの笑い声が聞こえてくる。画面の奥の方に、教卓の後ろから飛び出て、跳ねている両足がある。それを取り押さえるようにしゃがみ込む男子生徒たちの丸まった背中。ひとりの男子が、複数人にくすぐられていた。楽しそうな笑い声が聞こえる。撮影者と同級生の女子は笑い声につられて噴き出し、笑みを浮かべながら彼らを見物しにいく。

「なにしてんのー」

「おまえらもやる？　山田やってほしいよなあ」

「はあー？　なに言ってんの。山田も嫌だったら言いなよ」

「キャハ……ハハ……ハヒ……ヤッ……ホオウ」

ひゃはは、と彼女たちは笑う。男子たちも笑い続けている。それを見ている僕は笑っている。僕だけじゃなく、講義を受けている多くがくすくすと笑っている。けどそれは、くすぐりがうつされて最初の三、四分までのことだった。

五分――八分――十五分――くすぐりが続いた。笑い声はサンプリングされた音楽みたいに繰り返された。僕は気分が悪くなっていく。喉になにか大きい球体があって、それが内側から僕を圧迫し、外からは笑いに圧迫されていた。息がきれぎれになっていく。いつの間にか講義室のみんなは静かになっていた。画面の中だけがにぎやかで、浮いていた。恥ずかしいものを見ているような。さっきまであった、ここ、と、あそこ、の一体感はもうない。画面を剝がしたいと思った。目の前のノリと僕がこんなにもズレていることが苦痛で、くすぐりをやめてほしかった。

あれが映像じゃなかったら、僕はどう思っただろう？

幕の向こうではなく、目の前で起こっていたのなら。ここ、と、あそこ、なんて客観的に考えてしまう距離がなければ、果たして気まずくなっていたのだろうか。

たとえば、僕の乳首が潰されたあの時間。それを誰かが撮影していて、映像として眺めたならば、どうだろう。笑えただろうか――笑えないに決まってる。

決まってる、と言葉で考えてしまうと、もうダメだった。

僕は、苦しかった。

突然、切断されたように映像が終わった。教室が明るくなると、教授はまぶしそうに目を細め、そのことになぜか自分で半笑いになりながらも、がんばって神妙な顔を作っているみたいだった。彼はこう言った。

「えーこれは、演劇部のみなさんに演じていただいたものです。これからみなさんには、今のが性被害だと思うか、そうではないと思うか、小レポートを書いてもらいます」

僕の口から笑みがぷうっと漏れた。性被害って、いやいや。ええ？　ニヤついた。そうしないといけないみたいに、体が反応した。遊んでただけだろ。大げさ過ぎる。ばかばかしい。じゃれてただけなのに。ふざけるなよ、決めつけやがって。僕たちの遊びをそんなのにするな。頭の中が言葉でいっぱいになる。それらがどこからやってきたのかわからない。体の苦しさとは別の言葉だ。濡れたティッシュのようにぴっちりと脳を覆っている。

配られた手のひらサイズの用紙に、僕はそれらの言葉を書き殴った。僕は、僕のことを守りたかった。ふざけるなって、懸命に書き記さないといけなかった。

知りたくなかった。僕たちはふざけていただけなんだから。僕たちの空気に、他のものを混ぜないでほしかった。どうしろっていうんだ？　自分も被害を受けたのかもしれないって、そんなことを今さら思わせてきて、どうしろっていうんだよ。もしそうなのだったらと考えると、僕の、存在みたいなものが萎(しぼ)んでいった。僕には僕の声が聞こえなくなっていった。過ごしてきた時間ごと僕を否定されたみたいで、認めてしまったら、僕も自分の否定に加わるしかなかった。だったら、僕はなんだったんだろう。宮野原くんが耐えてきた時間はなんだったんだろう。僕たちは、僕たちがいけないことをしていたのなら、僕たちが生きてきたのは、なんのためなんだ?

僕は、なにもされていないし、なにもしてこなかった。

そんな風に開き直れたら、僕のそれからは少しはましだったのかもしれない。

しばらく、学校にいけなくなった。

人に会う気力がなかった。気を塞いでしまったのは、他人にだけじゃなく、僕自身に対してもだ。僕は僕を見つけられなくなった。なにかを思うだけで、怖いと感じた。机の上のリップクリームを、「リップクリーム」と言葉で名指す、たったそれだけのことで、そう思ったりする自分が無理になった。他のなにでもない、存在というものに責められている気がする。一体なにがつらいのか、なにを言っても言い過ぎてしまう感覚。言葉を口から出すことができない。ただただベッドに仰向けになる。眠れない夜中。頭に浮かんでくるイメージを、できるだけ長く見ることで精一杯だった。それは音のないモノクロの景色。上空から波打ち際を見ていた。打ち捨てられ、波の上を転がる頼りない体があった。ゲームのアバターみたいに個性がなく、バグに襲われて体がジャギジャギと四方八方に捻(ねじ)れ続けている。バグそのものが体になったみたいに、世界から拒絶されている。無理だった。存在が、自分が、他人が、僕たちとの距離が。

そんな状態が四か月ほど続いて、ひさしぶりに大学にいくと、正門のところでプロレスサークルの見せ物が行われていた。

リングの脇に半裸の男たちがいた。白と黒の服を着たレフェリーがマイクを握っていて、次の試合が始まるところらしく、リングネームを声高に叫んだ。青コーナーも赤コーナーも、SNSで人気のネット論者を下ネタ風にもじった名前だった。青コーナーから現れたのは「弱者男性の代表」と紹介され、赤コーナーは「フェミニスト」と呼ばれ、もじられたどちらの名前にも性器が入っている。赤コーナーはロングヘアのかつらを被り、ディルドを手に持って攻撃した。青コーナーは、ただ太って目つきの悪い男で、「マジもんじゃん」と、まばらな見物客たちにそれなりにウケていた。赤コーナーがディルドで青コーナーの尻の穴をつつき、青コーナーが赤コーナーの胸を揉み、ハモるようにそれぞれ喘ぎ声を発し、試合の最後にはふたりでキスしていた。妊娠しちゃう妊娠しちゃう、と赤コーナーがリングを下りる時に言うと、青コーナーが「こっちのセリフよ」とくねくねしながら言った。ヒューヒューと歓声が上がった。

僕は、か細い息みたいな一本のきれぎれの紐として立っていた。まっすぐ立つことができなかった。折れたり曲がったりしながらでしかそこにいられなくて、がんばって立っているよりも、風に飛ばされ、路上のゴミになって何度も踏みつけられる方がきっと楽だった。僕は、強くなれなかった。同じように、弱くなることも無理だった。男が。男社会。男のノリ。男の。許すなよ。男のせいで。僕の中に、恨みが芽生えた。恨みは僕を覆い、僕の輪郭を確かにしてくれた。

　入学時に親に買ってもらった、大学生協推奨のやたらと分厚くて重たいノートパソコンの前で、じっと言葉が出てくるのを待った。まだうまく言葉にできない、ためらいのようなものを文字にしなければならなかった。ある瞬間にふと言葉が浮かび、それを文章にして画面上に叩きつけると、ためらいはいともたやすく割れてしまった。その破片を拾い、昔の僕を突き刺すように文章を配置した。男のノリがダサ過ぎるということをネットの海に書き散らした。それまでの僕だったら、そんなお気持ち表明には見向きもしなかった。それどころか、毛嫌いしていた。そんなものを僕が書いているということ自体、昔の僕への、僕たちへの復讐だった。

　投稿を続け、少しずつフォロワーが増えていった。僕は大丈夫だった。恨みという物語の中にいることができた。

　もっと僕の物語を多くの人に届けなければ。そう思ったけど、ニッパーのことは書けなかった。どうしても無理だった。言葉にできないことがあるせいで、余計に僕は饒舌（じょうぜつ）になった。

投稿をはじめて一年ほど経った頃、一件のDMが届いた。若者世代の代表として番組に出演しませんかと記されていた。テレビに出る？　僕が？　これはチャンスだと思った。うまくやれば、僕みたいな目に遭う人を少しでも減らせるかもしれない。その時の僕は、本気でそう思っていた。

円形にMCを囲むかたちのスタジオで、二一歳の僕は語った。反省すべき過去があるのだと。なんでもかんでも笑って、はぐらかしてきた。ろくでもない男たちのノリを僕たちは否定していかなければならないのだと。

様々な反響があった。言い分を支持してくれるものもあれば、フェミニストに毒されているだとか、去勢されてる、こういう奴のせいで少子化が、日本男子たるもの云々だとか。本名から一文字ずらした名前を胸に貼っていた。〝後藤将生〟は話題になった。期待されていった。嫌われていった。メディアに露出した。僕は調子に乗った。男の僕が有害な男性性を告発することが僕の大義なのだと、本気で思った。

どこで間違った？

理想を発信して金が入ってきた。振込通知の数字に笑みがこぼれた。こぼれ続けた。

金がなにもかもをやわらかく、曖昧にした。恨みはほどかれた。いつの間にか、理想を発信することで金を稼ぐようになった。

カメラに向かってきれいごとを言うのが、僕の食いぶちになっていった。愛染さんみたいな古い考えの人たちに噛みついて、ディレクターの期待通りにプロレスじみた論争を繰り広げる。そうやって、後藤将生というキャラクターとしてお茶の間を欺（あざむ）いている。

後藤将生になってから、六年。

滑稽だ。少しでも食いぶちを減らさないように脱毛に通ったりして。自分らしさなんて、なにもない。あるのは、ウケたい、金を稼ぎたいっていう欲望。それって結局、僕が毛嫌いしていた男社会の欲望だ。僕の物語はもう恨みなんかじゃない。なんにもない。からっぽもいいとこだ。いかに金を稼いで、生き延びるか。それだけしか、僕にはないんだ。


ニッパーの絵を高架下に描き終え、家に着いたのは夜中の一時だった。

白瀬は寝袋に身を包んでリビングに転がっている。

寝息は聞こえない。死んだように眠るのを見ていると、宮野原くんの顔が浮かんでくる。

「住むところがないなら、頼んでこいよ。困ってるんだって、シンプルにそう言ってこい。そうしたら僕だって、泊めるか泊めないか検討くらいする。なのに、脅してなんてくるから。そっちが悪いんだろ？　哀れだよな。脅しでもしないと人に頼ることができない。弱音を吐くのが、誰かを脅すってことよりも難しいのか？　かわいそうな奴。かわいそうな奴」

僕はなにをしたいんだよ。

白瀬に歩み寄ろうとでもしてるのか？

それが宮野原くんへの罪滅ぼしになるとでも？

違う人間で、白瀬の傷も宮野原くんの傷も、違うものだろ。そういうの、いっしょにするなよ！　そう、思うのに――

彼の瞼がひすひすと動いた。

起きて話を聞いていた？

「おい」と僕が言うと、わざとらしく「んごー」と寝息が立った。

寝袋を蹴ろうとして、やめた。

ベッドの上で丸くなった。こいつがきてから、ずっとこうだ。どうしてこんな奴に心を乱されなきゃいけないんだ。喉が軋んだ。いっそ消えたかった。小さな一点に、宇宙の塵（ちり）になるみたいに強い力で自分を抱え込むと、僕の中でなにかがメコッと折れた。

折れてしまうと、その方が楽だと、気がついてしまった。

僕は、こう思うことにする。

路頭に迷っている奴を一日二日泊めてやっている。それがたまたま、一か月程度にまで延びていってしまうだけだ。これからそう思うことにしようと、鼻の奥に力を入れ、覚悟みたいなものとして固めた。

つまり、あきらめたということだ。

4

翌日は意外にもすっきりと目が覚めた。体が軽かった。よく眠れた気がする。白瀬を受け入れることにし、もがくことをやめたからだろうか。自分を俯瞰し冷笑しているような、皮肉っぽい気持ちが僕を包んだ。

リビングの扉を開けると妙なにおいがした。酢と乳製品でも混ざったような。

白瀬は寝袋を抜け出し、リビングのテーブルに突っ伏して眠っていた。

膝の上に抱えるようにしてトートバッグを置いている。このかばんをいつも離さない。おい、と僕は言ったが、起きなかった。なんの気なしにトートバッグに手を伸ばす。引っ張ろうとすると白瀬がべむっと震えた。

白瀬を見下ろした。後頭部の右側の毛が薄く、十円禿げのようになっている。顔を近づけると、やっぱりそうだった。

「くさい」

白瀬は突っ伏したまま「え?」と言う。

「起きてんのか」

「いや?」

「おまえ、きのう、寝てた?」

「うん?」

「まあ、いいや。てかさ、おまえ、におうよ。最後に風呂入ったのいつ?」

「さあ?」

「さあじゃなくて。今から風呂入れ。服も着替えろよ。おまえ何日も同じの着るじゃん」

僕の言葉遣いは、どう？　適切だろうか。少しは白瀬に歩み寄れているのか？

窓を開け、クローゼットの奥から発掘したよれよれのTシャツとスウェットパンツを白瀬に放った。

風呂場へ向かい、蛇口を捻（ひね）り、水が湯に変わっていくのを中腰の姿勢で待っていると、首筋がきんと張り、喉に圧迫感を感じた。体が嫌がっていた。白瀬のよごれが湯船に溶けていくところを想像すると、おえっ、おえっ、とえずいてしまった。家の風呂を貸すほどの寛容さは、僕にはまだないらしい。

「やっぱ、銭湯。そうしてくれ。いこうぜ。近くにあるから」

白瀬は渡した服を着ながら、「なんでもいいけど」と言った。

適当にタオルだけ多めに持って家を出た。

六月の平日の一六時。空から吊るされたような、正しいのか不条理なのかわからない姿勢で白瀬の隣を歩いた。こいつとの距離感がわからなかった。脚のことを考えてゆっくり歩いてはいるのだが、同時に、白瀬とは無関係なのだと誰かに示したかった。

最近できたばかりの銭湯までは、北口の商店街を途中で西に折れて少し歩く必要があった。向かいから三人の男子高校生がやってきた。彼らがタスクと呼ぶなにかの進捗状況を話していたが、白瀬を見て会話が一瞬止まった。

「てっ」

白瀬がアスファルトの微妙な膨らみに足を取られ、よろけた。

その拍子に、小柄な男子がリュックにつけている猫のぬいぐるみのキーホルダーに、白瀬のトートバッグの持ち手が引っ掛かった。勢いでトートバッグが肩からずり落ち、足元で横倒しになると、クリアファイルが飛び出、コピー用紙が道路に散らばった。

なにか、書かれている。

この世界は俺を無視したけど、今度は俺が――

なんだこれ。

すいませんすいませんと高校生たちがやたらと謝りながら紙を拾い集め、使い古されてくたくたのクリアファイルに入れた。そそくさと、小声でなにか交わしながら去っていく。

僕は聞いた。

「あれ、なに」

「えーっと。小説、やねん」

僕がさらに聞くより先に、白瀬は「あれが?」と言った。赤と青ののれんが下げられた、真新しい屋根の銭湯があった。

「そう。それ」

言いながら目は違うところを見ている。

銭湯の向かいに選挙ポスター掲示板が設置されていた。他の候補者に交じって四角い枠の中に、「あいぞめ慎也」のポスターがある。苗字がひらがなで表記された愛染さんの微笑の下に、「国民が損をしない日本に！」と白文字で書かれている。

耳のそばでシャッター音がした。隣に立つ白瀬が、愛染さんのポスターを撮っていた。

「なに？　じろじろ見てきて」

「いや……」

「いこうや」

白瀬のあとに続き銭湯に入る。料金を出してやろうと思ったが、白瀬は番台に自分の分の五百二十円をちょうど置いて脱衣所に向かった。

僕は自販機でスポーツドリンクを買った。待合のベンチに意味もなく腰掛け、設え（しつらえ）られている桜や鹿のタイル絵を眺め、時間をやり過ごしてから脱衣所に入った。白瀬が浴場にいくのを見届けて僕は服を脱いだ。気にするほどじゃない。自分しかこんなところは見ないとわかっているけど、ミニタオルで潰れた右乳首を隠した。

いろんな男の裸があった。運動部の大学生らしき集団。地域の高齢者。胸筋が膨れ上がった体。腹が餓鬼みたいにぽっこり膨れた体。胸のすぐ下からクッションみたいに腹が盛り上がった体。痩せ細って皮があまった体。経年でぼやけたマンガの刺青を腕に持つ体。ベージュの肌。褐色の肌。熱湯に赤みを帯びる白い肌。湯に浸かって大きなため息を漏らす中年。シャワーの下でせわしなく体をひっかくように洗う老人。小さな露天スペースに駆け込む小学生。すべて曝け出すように外気浴をする大学生。どこか滑稽なワンポイントみたいに男性器がぶら下がっていた。男たちは口数少なく、湯に体を溶かしている。ただ溶かすことしかしていない。ほとんどの男が、男たちの裸には目もくれていない。僕は思う。男の多くは、男の体に関心がない。どうして？忙しいから？　気にせずに生きてこれたから？　メイクしないから？　生理がないから？　産む体ではないから？

僕には慰めだった。

裸の男たちの中では、僕の体なんて見られなかった。

片方の乳首が潰れてるなんて、ここではどうでもいいことだ。

白瀬は？　自分の脚のこと、どう思ってるのかな。

僕がこう考えるのは、よくないことかな。

白瀬のことを脚が悪いことありきで見てしまっているのだろうか？

もっと、あいつの人となりを知るべきなのかもしれない。

いくつかの湯船に転々と浸かった。大きな浴槽を中庭に設置しただけの露天風呂へいくと、白瀬がいた。数人の大学生がリクライニングチェアに仰向けになって目を瞑り、彫刻みたいに体を静かにしている。白瀬と目が合った。引き返すのも変な気がして、僕はそろそろと湯船に浸かった。

先に出ろと思ったが、なかなか白瀬は出ていかない。そのうちに大学生たちが起き出してサウナへ向かった。空には巨人の靴に踏まれたような雲がある。また誰かが外気浴をしにくる前に、聞いておくことにした。

「おまえみたいな奴はやっぱり、愛染さんが好きなの？」

「俺みたい？　それ、どういう意味？」

「後藤将生のことが、嫌いな奴は」

「まあ、好きっていうか、スッとする。多数派の自分らが生きづらいのはおかしいって、愛染慎也はよく言ってくれる。ほんまにそうよなって俺は思う。なんにも悪いことしてへんのにな。まあ今は、あんたの家に上がり込んでるけど」

「多数派な」

脚が悪く収入もない白瀬は、愛染さんが言う多数派からは外れる。にもかかわらず、愛染さんの主張は、白瀬みたいな報われない男の屈辱感に寄り添ってしまっている。寄り添っているのだと、まぼろしとして思わせることができている。

「愛染さんがやってることは、自分たち以外への攻撃だから。あんまり、いいことじゃない。たとえそれにケアされたとしても、あの人の言葉によろこんでると、たぶんそのうち、自分に近い人以外みんな敵だと思うようになる」

負の感情を紛れさせたくて湯船をびゃらびゃら触った。

白瀬は考えるような間を長く持った。

「つまり……あんたが言いたいのは、他人の気持ちを考えろとか、そういうの？」

「ああ、まあ、結局は、そういうことになるかな？」

「そんなん、知らんやんけ」

「はっ？　他人の気持ちを考えたり、したくない？」

「そらそうやろ。他人の生きづらさとか、知らんわ。自分のことで精一杯やん。誰でもそうやろ？」

湯船から出た。おい、と白瀬が言うのを無視し、露天風呂の扉を勢いよく閉めた。

どうして僕は、ショックを受けてるんだよ。少しは白瀬に期待した？　話ができると思ったか？

こんな風に引き裂かれた気持ちになるのは、もううんざりだ。嫌な奴を嫌なままにしておくより、いいところを見つけたい。

もう一度露天風呂に向かった。

「おまえ」と白瀬に言う。「なんか飲む？　コーヒー牛乳とか」

「飲むけど。なんか目ぇ赤ない？」

白瀬は笑っていた。

5

毎晩僕は、朝起きたら魚になっていたらいいのにと願った。

けれど、切実さは日に日に薄れていった。白瀬と打ち解けるんだと僕は、自分に言い聞かせるようになった。距離を縮めればきっと今よりは楽になれると、すがるようにして。

男ふたりでシェアハウスをしていたらどうするのが一般的だろうかと、まるで脅迫なんかされなかったみたいに振る舞うようにした。そうやって僕は、心を守ろうとしていたのかもしれない。

チャーハンを作り過ぎた時は、「作り過ぎたから食べろよ」と言った。すると白瀬はチャーハンを食べたから、それから僕はわざと料理を作り過ぎた。たまに「うまかった」と感想を言ってくれる。育成ゲームでもしているような手応えがあった。白瀬が僕を脅してこの家に住むようになって、一八日が経った。

白瀬は一日中家にいるわけでもない。働いてもいないのに、やけに早起きだ。

「いつもなにしてんの？」聞いてみると、案外素直に教えてくれた。

白瀬が早起きなのは、パチンコ屋の開店に並ぶためだった。一日にいくらまで溶かしてもいいと決めているらしい。金がなくなれば、あたりをぶらぶらと散歩する。公園や川辺で飲むこともある。夕方くらいに、僕の家に帰ってくる。

白瀬の口調からは、出会った当初にあったとげとげしさが消えていた。それは、僕からもとげとげしさが消えているということだろうか？　冗談を言うみたいに話す時間が増えていった。

白瀬を前にしていると、発見があった。

スマホゲームをしている時に貧乏ゆすりをすることに僕は気づいたし、俺はモテないとか自虐するわりに、いや、だからこそなのか恋愛リアリティショーが好きみたいだし、TikTok の科学系の動画を見て、すげー、とひとりで小声で感心しているし、保護猫の譲渡会のサイトをよく見ていて、有名人の不祥事にはすごく攻撃的で、寂しいのかなんなのか、夜中にSNSの画面を何十回何百回とリロードしているし、メジャーリーグで活躍する日本人選手のことを自分の親類みたいに毎日語ってきたり、聞いてもないのにMBTI診断のタイプを教えてきて、目玉焼きを食べる時、卵黄より卵白が好きだっていう変わった奴で、箸の使い方が僕がこれまで接してきた誰よりも丁寧で、人のことが嫌いなくせに、人としゃべるのは好きらしかった。

こんな風に僕は、白瀬のことを知ろうとしていった。脅されているという事実を、まるで認知を捻じ曲げるみたいに無理に忘れようとして、その努力の証として白瀬の人となりを好きになろうとした。随分と無理のあることだった。もちろん、全部を好きになることなんてできない。それでも、僕とは全く違う他人として好きになれる部分はあるはずだ。僕は願っていたのかもしれない。他人と他人のまま、通じ合わないままでも通じ合うことができると。そんな、ほとんど祈りみたいなことによってでしか、僕は自分の心を守ることができなかった。ぼろぼろだった。どう足掻いても身も心も擦り切れていく。だったらせめて、他人に触れて、たとえそれが錯覚だったとしても、あたたかいと思って崩れ落ちたかった。

6

窓の表面でなにかわちゃわちゃと騒いでいる。ぼやけた音をはっきりさせたくて部屋の窓を開けると、通りを走る選挙カーから女性の声が聞こえてくる。

「連日にわたりますご支援、ご声援、心から感謝いたします。愛染慎也。愛染慎也でございます。国民の皆様を守ります。あなたを守りたい。未来を守りたい。絶対に国民が割を食わない日本にして参ります。愛染慎也。愛染慎也でございます。愛染慎也にどうか清き一票をお願いいたします」

窓を閉め、ＬＩＮＥを凝視した。

彼女の誕生日で、僕は日付が変わって少し間を置いてから、「誕生日おめでとう」とひと言送っていた。そこから八時間、トーク画面を開いたままにしていたけれど、既読はつかない。

僕と彼女の誕生日は近いから、毎年いっしょに祝っていた。

去年は築地の料亭にいった。一昨年は金沢に旅行にいった。三年前は福岡にいって、四年前はディズニーランドにいった。五年前はピューロランド。つきあいはじめた六年前はお互い金がなく、家ですごく簡単なキウイの入ったパウンドケーキを作った。昔の方が、彼女は僕といて笑ってくれていた。

枕に顔を埋めて叫んでいると、ノックの音がした。

返事をしないでいると、白瀬がそっと僕の部屋の扉を開いた。

「なんか、うめき声みたいなん聞こえたけど。うわ……どないしたん？」

「もう帰ってこないんだよ。さくみ、帰ってこないんだろうなって」

「どんな人やった？」

「え？」

「失恋やろ。誰かに話してみた方がええんとちゃうん」

「おまえ……いい奴じゃん」

「きしょ。まあ、無理強いはせんけど」

僕は湊をかんでため息を吐いた。

「よく話をしてくれる人だったな」僕は言った。「二年前に旅行先で食べた蟹がおいしくて、そこの旅館のまねき猫がＣＧみたいに光沢がかってたとか、家カレーって言葉を聞くと左ヒラメに右カレイって頭に浮かんでくるんだよねとか、それがなにになるってわけでもない、ほんとにどうでもいいことをうれしそうに話してくれてさ、そういうのが、僕にはうらやましかった」

彼女のことを話していると、僕もちょっとはましな人間なのかもしれないと思えてくる。

「出ていくちょっと前に、こんな話をしてくれたたな」

頭の中で彼女の声が再生された。「今でも許せないことなんだけど、って彼女は言ったんだ」と僕は白瀬に語っていった。

高二、高三の時、コントユニットの二次創作サイトに入り浸ってたんだ。芸人さんを元にしたＢＬ創作のサイトなんだけど。「荊(いばら)の輪の向こう」っていう名前のサイトだったたな。そこに大好きな作家さんがいたんだよね。二週間に一作くらいのペースでショートショートをアップしてくれてて、それもおもしろかったし、その人の日記も楽しみにしてた。なにか伝統芸能の付き人やってる人だったたんだ。それでけっこうやっぱり、理不尽に怒られたりとか、叩かれたりすることがあるって、そういうことを日記で言ってて。

その人にいつも感想送ってたんだ。つらいこと多いけどいっしょにがんばりましょうとか、励ましの言葉と、それから今回のショートショートもすっごくおもしろかったです、って、どういうところがよかったかって、こう言われたらうれしいだろうなあっていうのをピックアップして。すごく文章が上手な人だったから、今もどこかで作品書いてたらいいな。

そういう感じで入り浸ってたんだけど、大学受験があって一、二か月見てなかった時期があったんだよ。それで受験終わったしって久しぶりに見てみたらさあ、別の人が私の「さくみ」っていう名前でコメント欄で感想送ってやりとりしてたんだよ。しかも、私が言いそうなことを書いてて、私よりちょっとだけ感想がありきたりなんだよ。それでね、そのサイトって掲示板機能もついてるんだけど、ウェブ拍手といっしょに作風のリクエストも送ることができるのね。そこを遡ってみたら、ちょうど私が見てなかった時期に、「このリクエスト送ってくださったのってさくみさんですかね」っていうのがあって、それに、「はい。そうです」って返事があるの。そこから、私じゃないニセの「さくみ」が私になりすましてコミュニケーションしてる。怖過ぎるし、姑息じゃない？　私、それまでの関係値ぜんぶ盗まれた、って思って、そっからもうそのサイト見れなくなっちゃった。

「――ていう話を彼女から聞いて、僕は、彼女にこう言ったんだ。でも、なりますます人の気持ちわからなくないなあって。そしたら、なんでそっち側に立つんだよ！　ってブチギレられた」

僕は懐かしむように笑う。白瀬はしかめ面をしていた。

「怒るん当たり前やろ。だって、自分が盗まれたんやで？」

そうなのかな。自分がそんなに大事なのか？　まあ、大事か。自分と理想を金に売った僕には、よくわからなかった。

「僕のそういうところが、さくみには怖かった？」

「そういうところ？　いや、知らんけど」

「ゼロだ、ってよく思う」

「数字のゼロ？」

「僕の中にからっぽがあるんじゃなくて、僕がからっぽなんだ。もがいても、なにも摑めない。寄り掛かれるもの自体、なにもない」

「からっぽ？　あんたが？」

「なんだよ」

「あんた自身はそう思うんやなって。俺は、あんたといっしょにおって、ちょっと、ましになる感じはあった」

「ましになる？」

「、、、どうせって思ってた。ずっとそう思ってた。どうせ俺なんか。どうせあいつは。どうせ後藤将生は。俺はミジメやとか、あいつは俺のことバカにしてんねやろとか、そういうのをぐるぐるどうせって思うんが繋げて、抜け出せんかった。この家きたら、あんたがあんたとして、しんどそうやった。後藤将生も、生きてるんやなって。俺のどうせは変わらんけど、あんたに思うどうせは、ちょっとはましになった」

「……他人のこと、どうでもいいんじゃなかったのかよ」

「知らん奴のことはどうでもええけど、あんたのことはもう知っとるから」

白瀬は照れたようにそそくさと、パチンコの開店並んでくるわと言って家を出た。

7

かなり体力を使う収録だった。女性タレントが男性タレントに向かって「女性の生きづらさ」をぶつける番組にゲストとして出演した。生きづらさを共有して世間を変えていくのではなく、男女の対立を煽るような構成で、デートで男性が奢るべきかどうかというテーマで何時間も話さないといけなかった。ギャルタレントが「男はクソ」と言うと、ひな壇の隣の男性芸人が「クソ女ども！」と叫び、すぐに「炎上する炎上する」と続けてスタッフたちがこの日いちばんの笑い声を発した。撮れ高を作れていなかった後藤将生は、「悲しいよ！　クソなんて言うのやめようよ！」とふたりよりも大げさな身振りと声量で叫んだ。ウケたし、「クソ」の応酬の落とし所としてはいい感じに思えた。ちゃんとしたことを言いながら茶化すことができた。そのことで、「男はクソ」も「クソ女ども！」も放送に使われるだろう。後藤将生が対立も蔑視もケアしてバラエティに収めた。こんな奴、存在してるだけで悪じゃないか？

　家に帰ると、白瀬が仰向けに倒れていた。

　一瞬事態が把握できなくて、咄嗟に体が救急車を呼ばなくちゃとスマホを取り出し、通話アイコンをタップした。ふたつの1を入力したところでなにが起きているかわかった。ハァハァと息が聞こえた。ハハハ、と笑っている。息と笑いの境界がなく、生と笑いがいっしょになって脚をばたつかせている。仰向けにされた虫のようだった。いくつもの脚がそこに見え、それはいくつもの手に変わった。僕たちの手に。

　僕たちの手が、目の前の男の体から生えながら、男のことをくすぐって笑わせている。頭の中をガラスの破片につつかれた。破片には「性被害」だとか、「宮野原太陽」だとか言葉が書かれていて、そのガラス全体が僕の過去で、でも割れているから、もううまくくっつけられない。破片のひとつひとつが光を反射する。この体に溜まった光はまぶし過ぎて、今の僕にはなにも見えない暗やみと同じだ。

「やめろよ」と僕は言った。絶え絶えの声だった。光の痛みに耐えられなくてへたり込んでようやく、白瀬は僕がいることに気づいた。

「え？　どないしたん」

白瀬は身を起こし、僕を眺めた。

スマホに「11」と表示され、救急車を呼ぶ寸前だったことに僕は苦笑いした。

「なにしてんだよ」

「ネタ合わせやけど。ひとりやから合わせとちゃうか。ネタの練習。次の、もともと予定入ってたライブで俺、芸人やめるから」

「やめんの？」

「舐められてばっかりや」

「練習するところかよ、そこ。前に僕が見たネタだろ？」

尻餅をつき、そのまま背骨をなくしたみたいに仰向けになった。

「あんた大丈夫？　えらい青ざめてるけど」

白瀬が腰を屈め、焦げ茶色の目で覗き込んでくる。

白瀬は床に座り、「よいしょ」と僕の隣にまた仰向けになり天井を眺めた。

僕は白瀬の横顔を見る。その向こう、僕の部屋の閉まった扉の表面に、宮野原くんの亡霊がいた。モニター上にいるみたいに平面の中で光りながら、さっきの白瀬のように笑い転げている。

「なんだよ」と僕は言う。

白瀬がなにか返事をしたが、聞こえない。

塩素のにおいが頭の中に充満する。更衣室の濡れたタイルのぬるさ。ニッパーの刃のつめたさ。僕たちの手。僕たちの中に、男たちの中に溜まった笑い。彼らの体に、この体の中にあるものを外に漏らさないと、僕はもう耐えられない。

語る準備はできていたのかもしれない。宮野原くんとのこと。後藤将生になったわけ。床と同じ石目調の天井を眺めながら、白瀬相手に話しはじめると言葉が口から噴き出してきた。

話すのは怖いことで、傷を渡すということで、ああ今僕は話している、と頭のなかで声がした。自分が自分自身から浮き上がるような感覚。こわばったこの体は別の誰かのもののようで、僕は声を震わせながら、他人を眺めるように冷めている。僕は、どうして白瀬にこんな話をしているんだ？　白瀬の存在に慣れたから？　少しは距離が近づいたとでも思うから？　傷ついてる白瀬なら、僕の話をわかってくれるだろうと思うから？　どれもノーで、どれもイエスで、これくらいつきあってくれよなんて考えているのかもしれない。僕は僕の傷を知ってほしい。そのことで、目の前の相手にも傷ついてほしいのか？　わからない。なにもかも矛盾している。それこそが僕で、男社会からも外れるということなのかもしれなくて、ただひとつわかるのは、この傷自体が、聞いてくれる相手をずっと探していたということ。

僕が語る間、白瀬がなにをしていたのか覚えていない。じっと黙っていたのか、相槌を打ってくれていたのか。僕の過去について、人に話すのははじめてだった。さくみにも話していない。それを、よりによって白瀬に。僕は話しながら、さくみに聞いてほしかったのかもしれないと思った。

語り終えると僕は、白瀬に傷を分けたことにどうしようもない気分になった。隣にいる人の体を、少なからず蝕む言葉を発し続けたのだ。

「でも、脚と比べたら乳首なんか」僕は言った。自虐みたいに、笑いを誘うものみたいに。それで白瀬が笑ってくれたら、話の重たさがチャラになるとでもいうように。

「なんかとか言うなよ」

白瀬は言った。

「やさしいな、おまえ」

ははは、と白瀬は笑い、こいつには染みない言葉だ、と僕は思った。僕の発した「やさしい」は、ただ壁にぶつかり滴った。

また「よいしょ」と言って白瀬は起き上がる。

それから、「コーヒー飲む?」と、この時間に区切りをつけるみたいに言った。

コーヒーミルのハンドルを回し、ガーガーと豆を粉砕していく。

「なんかとか言うな。あんたも俺も、その宮野原くんも、誰がつらいとか、そんなん比べても意味ないって」

言わせてしまっている、と僕は思った。

8

投票所として開放されている小学校の玄関に、一枚の大きな油絵が飾られていた。

風を表したような極彩色の流線が吹き乱れていて、似た色合いで、翼のある馬が中央にぼうっと浮かび上がっている。絵の中には、馬だけでなく、やたらと胴の長い犬や猫や、たぬきらしきもの、人間らしきものが歌い踊りながら駆けていく様が描かれていた。この学校出身の画家が描いたものだろうか、作者名もタイトルもない。大きく口を開ける人間たちは、叫んでいるようにも笑っているようにも見えた。

帽子とマスクをしていたが、こちらをじっと見つめる視線を感じたので小学校を出た。三〇代の若い候補に票を入れたのだった。立候補者たちの演説をYouTubeで見たところ、派手ではなく、時にかんだり、言葉をもつれさせたりしながら、人権を守らなければと当たり前のことを必死に話していた。

スマホを見ると一三時七分で、不在着信が一六件も入っていた。本当は今頃僕は、投票所になんかいるべきではない。スタジオにいなければならなかった。この日の収録は学歴で呼ばれたクイズ番組で、賞金を獲得するために早押しボタンの前で息を潜めていなければならなかったが、朝起きると、後藤将生としての体がどうしても動かなかった。いくら麻酔クリームを塗っても、無理だった。僕自身の体が、後藤将生はもう嫌だと拒否していた。

家に帰ると、白瀬がやけにしゃんとした姿勢でソファに座り、スマホゲームをしているわけでもないのに激しく貧乏ゆすりをしていた。白瀬が投票にいったかも誰に入れたかも、僕は聞かなかった。

その日の夜の開票で、愛染さんが当確し、議席を獲得した。

テレビ画面を通してひさしぶりに愛染さんを見た。選挙事務所で中年や高齢の男性たちと共に酒樽を割り、鏡開きをしているその姿を見ていると、底のない虚しさに襲われた。当選したのは、後藤将生のせいかもしれない。プロレス相手として、愛染慎也の盛り上げ役になってしまった。

額の汗を光らせながら、愛染さんがカメラ目線で満面の笑みを見せている。

ふと白瀬の横顔を見ると、毒が血流に乗ってしまったように青ざめていた。

「うれしいんじゃないのか？」

時間が圧縮されたみたいに白瀬はころころと表情を変えた。肌の内側から顔を引っ張られ、それに耐えているみたいにぎりぎりと怒りの表情になったかと思うと、激しさなんてあとかたもなくなってしまってどこにも目の焦点が合わない消え入りそうな顔になる。まっすぐ前を向くのが苦痛で仕方がないみたいにうなだれ、そのままの体勢で、ハッ・ハッ・ハッと笑う。

「なんでなん」と白瀬は言った。「いや、俺が……俺が？　はは。俺のせいか。違う。

期待しとった。でもほんまにこうなるとは思ってなかった。こうなってほしかった？　愛染慎也が俺の屈辱を変えてくれるって？　そんなわけないって。でも、期待してた。期待なんかまぼろしやってわかってた。わかってたけど……」

大丈夫かよと白瀬の肩に触れると、氷ほどにつめたくて、僕はごしごしとさすってやった。

白瀬は背中と背もたれの間に置いていたトートバッグを掴み、中身をひっくり返した。

使い込まれて擦り切れた財布。モバイルバッテリー。くしゃくしゃのタバコの箱。百円ライター。結んだビニール袋。街頭配布のポケットティッシュ。色褪せたオレンジ色のタオル。飴の袋。ボールペン。有線イヤホン。中学生が使うようなヘアワックスと制汗スプレー。この間見たクリアファイル。雑多なものがじゃかじゃかとテーブルの上に落とされ、跳ねたりして音を立てた。その中から白瀬は、折り畳みのペーパーナイフを手に取った。

ペーパーナイフか？　これ。

白瀬は僕の方を向き、刃の先端が僕のななめ上を向くようなかたちで、震える手でそれを握りしめた。

「なにしてんだよ。それ、封筒とか開ける用のだよな？　なんで、そんなの持ってんだよ」

「違う！　もっと切れる！　あぶないから！」

僕には、おもちゃみたいに見える。柄と刃全体で、手のひらより小さいくらいだ。それでも思い切り突進すれば、人の肉くらい、大胆に抉ってしまうかもしれない。

隣の男は、荒ぶるけもののような息を吐いた。コーヒーとタバコと、内臓の調子が悪いみたいなにおいが混ざって生あたたかい。彼の目は、何度かのまばたきで涙目に変わった。ナイフを置くと、クリアファイルから用紙を取り出してテーブルに置いた。

読め、と目で促される。

「この社会からなにも受け取ってこなかった。この社会は俺になにもしてくれなかった。男なのに批判されるばかりで、なにも恵まれてこなかった。いや？　男だからか？　なにも持っていない俺から奪うな。この脚を見ろ。もうこんな世界はうんざりだ。俺はさんざん奪われてきたんだから、そのツケを払わせてやる……」恨みつらみの文章が続いていた。恨みの想いが他のあらゆるものをスキップしてしまったような、急ぎ足の抽象的な文章が並んでいた。その中には、いつか見た言葉もあった。「この世界は俺を無視したけど、今度は俺が――」

今度は俺が振り向かせてやる。

凡庸な文章だった。その分だけ、世間の声を吸っている。男たちの呪いを吸っている？　なんだよそれ。バカみたいだ。

「これって？」

「小説じゃない」

そうだよな。

まるで、犯行声明みたいじゃないか。

あは、と僕は笑った。ひさしぶりに、怖いと思った。

「最初は、あんたを刺すつもりやった」

あはは。

「俺はさあ、俺にはさあ、価値がない。だから、消えてやろうと思った。でも自殺する勇気もない。じゃあどうするかって、なあ。警察に捕まったらええやんって。それで人生ほんまに終わらせる。もう終わってんねやから。捕まるために、せっかくやったら、復讐したったらええやんって。でも、できんかった。中途半端なことしかできんかった」

「その復讐の相手が、僕？　後藤将生？」

「だから、最初は。刺すつもりでここにきた。でも勇気がなかった。ここに住みたいとか言ってる俺がいた。まだ、しがみついてたかったんやと思う。なにしがみついたらええんかも、わからんのに」

やっぱり、どう見てもそれは犯行声明だった。僕の胸に膨らんでいくのは、恐怖よりも、ぐずぐずのボロきれみたいな憐れみだった。

「やばいなおまえ」

僕は、ツッコむようにそう言った。

テレビの中で、愛染さんと男たちが万歳三唱している。

「でも俺、わかってたんかも。心に蓋みたいなんがあって、見んようにしてたんかも。その蓋が、あんたと過ごしててちょっとは、やわらかくなった？　俺を苦しめてたんはたぶん、あんたじゃなくて、俺の近くに、俺の中にあるものやった。あんたやったらそれを、『男』って言うんか。男社会に追い詰められたとかなんとかって。でも、愛染慎也はこの社会を守りたいって言う。じゃあ悪いんは、愛染慎也なんとちゃうん？

どうせ人生終わらせるんやったら、こういう奴をなんとかしてからの方が、ええ気がしてきてんな」

なんとかして？

「やめろよ……？」

刺しにいくとか。

白瀬は無言で天井を見る。喉仏が山がずれるみたいに動いている。やけに穏やかな表情をしている。笑みを浮かべてさえいて、こいつ目がけて光の柱でも降ってきそうだった。

奇妙な興奮に包まれた。今、分岐に立っている。僕の振る舞いが、なにかを導いてしまう。

頭の中で誰かが微笑んだ。唇がぬにに と持ち上げられ、恐怖も憐れみも押しのけられた。

「おまえ、後藤将生の代わりやる？」

「ん？」

「おまえの言葉の方が全然いいよ」

「なんの話」

「おまえみたいに、苦しんで、でもナイフを使わなかった奴の言葉の方が、後藤将生なんかよりよっぽどいいって。芸人なんだから、カメラの前でしゃべれはするだろ。

まあ、無理に表舞台に出ることもないか。金のための発信になっていったら意味ないもんな。ちょっと、いい方法考えよう。おまえの言葉を、なににも乗っ取られたり食われたりしないまま広める方法。おまえがずっと、おまえでいる方法を」

「俺が俺でおる方法?」

白瀬は呆気に取られたようだったが、すぐに僕を嘲るように笑った。

「なに言っとんねん。俺が俺やから、どうしようもないんやろうが」

「おまえが報われてこなかったってことがおまえそのものでは、絶対ないよ。なんていうかな。おまえから、おまえが思うおまえっていうキャラを剝ぎ取る。世間からこう見られてるに違いないっていう思い込みとか、他の奴らと比べて自分は……なんていう、社会からのまなざしを剝ぎ取る。それでも残るものがおまえなんだよ」

「意味わからんねんけど」

「全身全霊おまえでいたらいいんだよ」

「全身全霊の俺でいる? その俺が、ほんまにどうしようもない奴やったらどうする? 全身全霊の俺が、やっぱり、消えたいって思ったら? 消えるついでに、悪い奴を道連れにしたいって思ったら?」

白瀬はテーブルの上の制汗スプレーを手に取り、僕の両目に噴射した。強烈な刺激と部室のようなにおいに包まれて、目を押さえ悶絶していると、玄関の扉が閉まる音がした。

僕はなんとか洗面所にいき、手のひらに溜めた水を目元にかけては擦ることを何度も繰り返した。テーブルの上からは財布とナイフが消えていた。急いでマンションの外に出た。白瀬の脚なら追いつけるとあたりを見回す。後ろ姿はどこにもなかった。

スマホのアプリでタクシーを呼んだ。

それから、「愛染慎也　選挙事務所」と調べた。

僕はそこで、悪夢を目にした。

9

選挙事務所にしては洒落（しゃれ）ていた。居抜きを借りたのかもしれない。車のショールームを彷彿（ほうふつ）とさせるガラス張りの建物を、「あいぞめ慎也」と顔写真が入ったのぼり旗が囲んでいた。生け花が飾られたホールで、スーツを着た男たちが酒とつまみで談笑している。祝賀会のようなものは一旦は落ち着いたのか、愛染さんの姿は外の通りからは見えなかった。関係者のふりをして事務所のドアをくぐる。

「えっと、あんた！　えーっと、えっとお！」

顔が小さくて赤い、猿のような老人に顔を指さされる。

柱の陰に隠れた。その拍子に、お盆でグラスやコップを回収している、スタッフ用らしきジャンパーを着た男とぶつかりそうになった。表情から察するに、さっきの老人よりかは後藤将生のことを認知しているようだった。

「あの……近く通りかかって。ひと言ご挨拶を」僕は咄嗟に言った。「愛染さんはどちらに？」

「奥にいらっしゃると思いますけど、呼んできましょうか？」

「いえ。こちらが出向きます。あの、水道か洗面所か、貸してもらえますか？　お酒がちょっと、かかっちゃって。あ、大丈夫。自分でいくので」

僕はそう言ったが、男はゲストをひとりにするわけにはいかないとバックヤードに案内してくれた。インカムでなにか連絡が入ったらしく、洗面所と愛染さんの控え室の場所を僕に教えると、ホールに戻っていく。タイル張りの廊下の突き当たりに、非常口の誘導灯が見えた。白瀬を拾ったら、あそこから抜け出そう。とりあえずの目標というか、セーブポイントを発見したようで、少しホッとした。

教えられた控え室の扉を開いたが、誰もいなかった。黒い革張りのソファとテーブルと観葉植物だけの簡素な部屋で、テーブルの上には大きな砂時計が置かれている。くびれの部分から生えているこぶが一般的な上下のふたつではなく、左右やななめにも生えていた。球体を目指そうとしているみたいだ。逆さにされたばかりなのか、四方八方の穴のようなこぶへと砂がゆっくりと流れていた。じっと見ていると、砂粒が擦れる音が聞こえる気がした。

控え室の扉を閉めると、異変が起きた。廊下の照明が落とされた。非常口の誘導灯だけは点いているが、ちかちかと点滅している。緑色の灯りが、廊下に落ちては消えている。スマホのライトを点けた。心なしかさっきよりも廊下が薄汚れて見えた。どうしようかとため息を吐く。愛染さんの連絡先は知らない。思えば僕は、白瀬の連絡先も知らないのだ。電気が消えたということは、バックヤードにはいないのだろうか。ホールに戻るかと考えていると、「こっちこっち」と声がした。数メートル先の闇が開いていて、愛染さんが手招きしている。

愛染さんが無事らしいことに安心し、部屋へ向かった。

口臭とよだれと皮脂が溶け合ったようなにおいが、べたつく湿気に紛れるように満ちた部屋。

奇妙な光景が広がっていた。

真っ白い部屋の壁に沿ってずらりと並んだ十数脚のパイプ椅子に、男たちが腰掛けていた。彼らはみな、うなだれたように頭を下げている。顔ははっきりとは見えないが、十代後半くらいから、八、九十代までいるようだった。それなのに、視線を感じる。男の目が、僕を見ている。

「これは。この人たちは?」

僕は聞いたが、愛染さんは、「ぼくの夢を知ってる?」と言った。

「夢?」

「いつも言ってるよね。ぼくは、未来を守りたいんだ」

「はあ」

「ところで、後藤くんがきたっていうことは、ふたりは知り合いなのかな」

愛染さんがあごで示した方を見ると、扉の後ろ側の、僕からは死角になっていた部屋の隅に、白瀬が脚を伸ばして座っていた。いや、座っているというより、巨大なぬいぐるみとして置かれているという感じで、やはり白瀬も目を閉じ、男たちみたいに、うなだれている。

「彼はちょっと荒っぽかったから。彼らみたいに麻酔で眠ってもらったよ」

「眠ってもらった？」

僕は白瀬のそばに寄り、おい、おい、と肩を揺すった。しばらくして、目が薄く開いた。「よかった」僕がつぶやくと、白瀬は呂律(ろれつ)の回らない口調でなにか言おうとしたが、言葉にはならなかった。

「帰ろう」

「後藤くん帰っちゃうの？　せっかくだからゆっくりしていきなよ」愛染さんが言う。

「あの、ここは一体」

「椅子に座ってるのはね、ボランティアのみなさんだよ」

「ボランティア？」

「みんな、ぼくの日頃の考えに共感してくれてね。自分たち多数派が蔑ろにされているのは間違っているって、彼らは疎外感で連帯している。報われない男たちのための正しい未来を作るためにあなたの命が必要なんですって伝えたら、涙を流して協力してくれたよ。ここの下にね、もうすぐ地下室ができるんだよ。彼らには、そこにしばらく、閉じこもってもらおうと思ってるんだ」

「命？　閉じこもってもらう？」

「地下に閉じこもって、憎しみを蓄えてもらうんだよ」

「……それって、え……？　監禁？」

「彼らはそんな風には思わないよ」

「あの、なにを言ってるのか、僕にはよく……」

「眠り続けたまま、地下で死を待ってもらう」

「はい？」

現実感のない僕とは違い愛染さんはいやに饒舌で、気味が悪かった。

「そこはね、男たちの地下室で、タイムマシンなんだ。彼らはかわいそうに、これまでの人生、死んでるも同然の状態で生きてきた。誰からも認められなくて、自分に価値を感じられなくて、自分には生きている意味がないって。なんで自分ばっかり。なんであいつらばっかり。人生めちゃくちゃで消えてしまいたい、でも実行にうつす勇気もない。そんなのって、かわいそうだよね？　だからぼくが背中を押してあげる。死によって彼らを何者かにしてあげる。彼らが望んだ、彼らが肯定される、彼らの魂が救われる世界を作ってあげる。ぼくはやさしいからね。死によって、人生に意味を与えてあげるんだ。未来で生きさせてあげる。彼らが死ぬことが、未来を作るんだ」

「なにを、言ってるの」

「この人たち、生きててもなにも成し遂げられないでしょ？　じゃあ、別の誰かに託すしかないじゃない？　彼らの報われなかった想いは声になるんだよ。死んだらそれで、彼らがいたということが噂になる。噂は、風や影になってこの世界に存在していく。世間の声として、この社会を操っていくんだ。

ぼくは思うんだけどね、後藤くん。言葉っていうのは内から湧き出るものなんかじゃなくて、ただ外からやってくるものなんだ。きみの言葉も、ぼくの言葉も、そういうものでしょ。ぼくらは代弁者だ。ぼくら人間はひとり残らず声のかたまりをそれぞれの体に通していく。世間体っていうでしょ。言葉は世間の体からやってくるんだ。世間の体とひとりひとりの体の間でやりとりされるものが、ぼくらの声になる。意見になる。風潮というものになる。社会に、物語になるんだ。命を預けてくれる彼らはね、これから、世間の体になっていくんだ。そうして、世界そのものになって、ぼくらひとりひとりを抱きしめてくれるんだ」

死ぬことで未来が作られる？　なんだよそれ。めちゃくちゃじゃないか。理不尽にもほどがある。そう思うと、吐き気に襲われた。僕は、僕を押し潰す圧倒的な理不尽を望んでいた。でも、見たかったのはこんなのじゃない。絶対、こんなのじゃないんだと、震える手でスマホを取り、何度も押し間違えながら１１０を押した。

舌がひどくもつれた。男が、男がと僕は言うばかりだった。

愛染さんは通報する僕を止めなかった。それどころか、なぜかうれしそうに「これもまた分岐点だよね」とつぶやいた。

「ぼくは、捕まっちゃうのかな。うん……想定よりだいぶ……ハハッ……かなり早いけど、それでもまあ、いいか。計画が続けば、いつかは地下室を陽の目に晒すつもりだったからね。議員になったのも、どう言うのがわかりやすいかな、この事件の衝撃を強くするためなんだ。政治家として存在感を高めたあとに、この地下室のことを公表するつもりだったんだ。その方が、ショックでしょ？　トラウマになって、男たちの恨みが心に染みてくるでしょ？　でも、今日でもいいか。またすぐ、ぼくみたいな奴が現れるだろうし。ぼくは捕まって法律で裁かれるけど、ぼくは、ぼくたちの感情はなににも制御できないんだ。ぼくがやったことは、やろうとしたことはニュースになる。ぼくの意志は世界中に感染していく。報われない男たちの思想が芽吹いていく。地下室、三年くらいは続けようと思ってたんだけど。まさか後藤くんにいち早く発見されちゃうなんて。いや、きみだからなのかな。

後藤くん知ってる？　空の上、この地球の天井では人間の欲望をかたどったけものがメリーゴーラウンドみたいにくるくると回っていてね。ぼくら人間のどうしようもない欲望を吸い上げていくんだ。満たされたい、有名になりたい、お金がほしい。他人より抜きん出たい。大切な人をよろこばせたい。人を愛したい。愛されたい。願いを叶えたい。やさしくありたい。ぼくらの願いを吸ったけものは回り続けて、回りながら広がって、この地球と同じかたちになっていくんだ。誰かの夢を満たしてあげる。誰かは誰かにあこがれて、その人になろうとして、受け入れられたくて、有名になりたくて、お金がほしくて、他人より抜きん出るために、必死でがんばるんだ。がんばればがんばるほど、その陰では、誰かが耐えている。地道な仕事を続けて、報われないまま歳を取っていく。どうしてか？　夢や希望なんてものがこの世にあるからだ。先へ先へという欲望は人の体を壊すよ。人の心を滅ぼすよ。滅べばいい。滅べばいいんだ。でもその前に、ちょっとくらい、いい目を見させてあげたいじゃない？　報われてこなかった男たちに。なにもかもを奪われてきた男たちに。これは、そのための布石なんだ。未来への投資なんだ。未来の男たちに、立ち上がるための志を植えつけるために、この現実の、この今で、こうやって人柱になってくれている。彼らの夢や恨みは、この人生では果たせないかもしれない。でも、未来へ続いていくんだ」

憎しみは大抵、それが憎しみだと理解された時には、もう手遅れだ。

う、とうめき声がした。白瀬が壁に手をついて体を起こそうとしていた。支えようと白瀬の腕を摑んだ。

「なにが、未来や」と白瀬は言った。「なにが、報われなかったや。そう言ってあんたは、傷に蓋をしてるだけやろ？　どこまでも自分らに都合のいいことを言い続けて、それでこんな風になってしまっただけなんとちゃうん？　瘡蓋を硬くして、その中の傷を直視せんようにしてるだけや。俺もそうやったから。あんたは、あんたらは、自分の瘡蓋をめくりたくないだけやろ」

愛染さんはあごに手を当て、白瀬を興味深そうに見つめながら思案した。その目つきはくるんとしていて、僕には、子どもが新しい発見をした時のように見えた。

「瘡蓋をめくりたくない、か。なるほどなあ。いいことを言うね。うん。それは意外と本質的なことだと思うよ。瘡蓋をめくったら、血が出てくる。それよりはよっぽど、誰かの返り血を浴びる方が楽なんだ。逆だったらよかったね。ぼくら、自分の傷つきよりも、他人の傷つきで痛みを感じる、そんな風に生きることができてたら、こんな風にはならなかったかもね。まあ、もう遅いけど」

愛染さんが悲しげに笑うと、白瀬は脚をもつれさせながら立ち上がり、頼りない刃を開いた。

10

地下鉄の照明はまぶしく、緑色がかって見えた。車両に掲示されている転職サイトの広告に後藤将生の顔がある。人気の男性俳優と並び、スーツを着たそいつが諭すような目で正面を見つめている。さっきから何人かの乗客が僕を気にしていた。向かいに座っている若い男やサラリーマンは、スマホを見るふりをしながら、僕に向けてカメラを回しているのかもしれない。

こんな想像をする。

スプレー缶を振り、その噴射口を、カメラと、後藤将生を見ている人たちの目頭にぴったりとくっつけ、ほんの少しノズルを押し込む。もう、後藤将生は誰にも見られなくていいから。

大きくため息を吐くと、向かいの席の男がスマホを持つ手をさっと下げた。

スマホを取り出し、０８０からはじまる一一桁の番号を表示させた。宮野原くんの電話番号だ。宮野原くんのことを思い出し続けて、僕は彼を身近に感じているけれど、向こうはどうだ？　もう何年も会っていないし、連絡も取っていない。僕のことなんて忘れているかもしれない。後藤将生のことは知っているだろうか。いきなり電話をかけるのは、意味がわからないか。

会いたい。あの頃、宮野原くんも僕も、笑うことしかできなかった。これからは、楽しいことだけを笑いたい。でもそんなの、あまりに自己満足だ。過去の清算のために会いたいだけじゃないのか？　僕は、宮野原くんが今なにをしているのかさえ知らないのだ。僕になんて、会いたくないだろうか。今さらなんなんだと思うだろうか。宮野原くんがあの日の更衣室でのことをなにひとつ覚えていないことだってありえる。けど僕は、向き合わないといけない。後藤将生を生むことになったあの日を、あの日々を、物語なんかじゃない、ただの傷として。

乾いた親指で、発信アイコンをタップした。

プル。プル、プルルル……途方もなかった。コール音の一音一音の隙間に入り込んで、途方もない時間の流れに呑み込まれた感覚。やがて頭の中から枯れ葉が破けるような音がし、僕は、耐えられなくなって電話を切ってしまった。

明日また、と思う。

明日も、かけられるだろうか。できれば、今日よりは長く。

家に帰ると、ちょうど白瀬が荷物をまとめ、出ていこうとしているところだった。

荷物と言ったって、たかがしれているけれど。ソファの上には、僕が部屋着として貸していた服が丁寧に畳まれていて、半分に折られた五千円札が置かれている。置かれたばかりなのか、早回しで見る植物の開花みたいに、くわわ、とその身が動いている。

「今日だっけ。おまえが出ていくの」

知っていたけどあえてそう聞くと、照れ臭い感じがした。気を紛らわすように手を洗い、うがいをし、顔を洗った。洗面所の鏡を見ると、ヒゲがわずかに生えてきていた。ピンセットで引き抜こうかと思ったが、やめた。

後ろから白瀬の声がした。

「悪かった」

聞こえていないと思ったのか、もう一度白瀬は、今度はさっきより声を張って「悪かった！」と言う。

「おまえ、ニュース見た？」

「ニュース？」

濡れた手で僕は、スマホの画面を白瀬に見せる。

あれから三日が経っていた。愛染慎也には逮捕・監禁の容疑がかかっていたが、あの部屋にいた男たちがこぞってそれを否定したために、暴行・脅迫の容疑での捜査に切り替わったらしい。男たちは愛染さんから解放されたが、ネット上の掲示板やSNSでは、あの時の愛染さんが話したのと同じような文言や、それを自らの口から話す男たちの動画がぽつぽつと見受けられた。

あの地下で、白瀬はナイフを構えた。その刃をどうするつもりだったのかはわからない。何歩か踏み出すと白瀬はつまずき、ナイフを空へと放しながら、愛染さんの方へと倒れかかった。ボウリングのピンが束になって払われるように、あっさりとふたりは床に倒れた。僕はしばらく唖然（あぜん）としていたが、瀕死のレスラーみたいに、全身で愛染さん目がけて倒れ込んだ。どれくらいそうしていただろう。僕も白瀬も愛染さんも動くことができず、男たちの寝息と、愛染さんの不気味で悲しいくすくす笑いだけが聞こえた。やがて、サイレンの音がすべてを突き破った。

「あれって、わざと？」僕は手を拭きながら聞いた。

「なにが」

「愛染さんを刺さなかったの」

「さあな。でもまあ、刺したりしたら、余計にあいつ、話題になるやろ。そうなったら思うツボやん」

はあー、と白瀬は大きなため息を吐いた。

「こんなんかよって思った。実際会ったら。姿目にしたら。腹出てて。首の変なとこに一本だけ長いヒゲみたいなんあって。目の下ごっつたるんで、腰痛いんか気にしてて。なんや愛染慎也も普通のおっさんやんかって。テレビで見るほどオーラもない、そのことにちょっとがっかりして俺、まだあいつのことけっこう買ってたんやって思って。それで、あっこにおった人らは、自分らが見込んだ愛染慎也に普通の奴ではおってほしくなくて、あんなことまでした。あの人らは——俺は——俺らは——自分は正しいって言うためやったら、命さえ軽くできる。なんかもう、しょおもない。ぜんぶしょおもない。こういう俺の、悔しさみたいなのもぜんぶ、あいつに利用される気ぃした」

「おまえ、変わったな」

「は？」

「やっぱりおまえの言葉、いいよ。僕とか愛染さんよりよっぽど」

「きっしょいな。あれか？　俺がこの家からおらんくなるの、さびしいんか？」

「そうかも」

白瀬は意外そうな顔をして、それから笑った。

「僕も変わりたい。まっとうに生きたい」

「なんやそれ。生きることに、マットーもきたないもある？」

「あるよ。少なくとも、僕には。自分が選んできた道がこれでよかったのかっていつも考えてる。もっといい選択肢があったんじゃないかって。思い上がりかもしれないけど、まっとうに生きてたら、愛染さんをなんとかできたかもしれない。台本じゃなく、本当に僕自身の言葉をぶつけられてたら、愛染さんを変えられたかもしれない」

「それはあんた、自分のこと好き過ぎやで。あんな奴、なに言っても無駄やって」

「そうかな。でも、でもって思ってしまうから。僕たちが変わる未来もあったんじゃないか。そういうこと考えてしまうから、やっぱ、ちゃんと生きていきてえよ」

なんで僕、生き方のことなんて白瀬に話してるんだ。

こいつと出会ったばかりの頃の僕に教えても、きっと信じてもらえない。白瀬が結局は僕も愛染さんも刺さなかったことが、僕の気持ちの奥に破片みたいに埋まっていた。けどその破片は、波に晒され続けたみたいに角が丸い。種のかたちをしていて、痛くない。白瀬が変わった証みたいなものが僕の中にある。こう思うのって、大げさか？　ちょっと、臭過ぎるか？

「痛みなんて、なくていいよ。痛みなんてなくても、おまえはおまえだし、僕は僕なんだ」

「はい？」

「おまえはおまえだから。誰のことも、自分のことも刺さなかった。報われたいとか、モテたいとか、そんなの思わないでいい。誰かに自分を重ねなくて大丈夫。物語がなくても、大丈夫なんだ。誰のストーリーにも回収されずに、おまえ自身でいられるよ」

「急になに？　なんか、恥ずいねんけど」

「あのさ、友だちにならないか？　おまえ、友だちいないだろ。僕にもいないんだ。だから、いた方がいいよ。僕にも、おまえにも」

白瀬は、「友だちって！」と大笑いする。

「友だちになろう」と僕は言った。

全身がむずむずした。思春期の生あたたかくて懐かしいねちょねちょした沼に体を浸しているみたいに。僕は、自分が誰なのか確かめるように顔を触った。

「後藤将生、もうやめようと思う」

「はあ？　なんでえ」

「愛染さんといっしょに表舞台から消えた方がいい。僕は嘘つきだ。心がこもってないのに理想ばかり発信した。金のために理想を掲げてきた。もういいよ。もういいんだ」

「あっそう。思うけど、おまえが言ってきたことに救われてる奴もおるやろ。それでよくなってることも、あるんとちゃうん。知らんけど。まあ、好きにしぃや。からっぽって言うてたやん。その分、はじめやすいんとちゃう？　新しいこと」

「明るいな。おまえ」

「そうか？」

「でも……」

「ん？」

「えっと……その……」

「ああー。それやったら、もうええから」

白瀬は僕に見えるようにスマホを操作し、落書きの動画をひとつずつ消去した。

「バックアップとかは？」

「ない」

「ない？」

なんだよ、と僕はその場にへたり込んだ。「やめられるかな。落書き。カウンセリングにでも通うか」

「カウンセリング？」

「そういう依存症なんじゃないかって」

「あー」

白瀬が僕の手を摑み、引っ張り起こす。

「友だち、なあ」

うーん、と白瀬が鎖骨のあたりを掻きながら言う。

「さっきあんた、モテたいとか報われたいとかなくてもええやんって言うたけど、やっぱりそれ、他人に言われても、はあ、としか思わんよな。俺はなあ、めちゃくちゃパンパンに満たされたい。もうええわーってくらい」

「そうか……。消えたい気持ちって、まだある？」

「ある。全然ある。なんなら、ずっと俺につきまとってくもんみたいな気がする」

「そういうこと、話そう。おまえの気持ち、もっと話してくれよ。これからも、その、よかったら定期的に会ったりしてさ」

「わはっ。なんやそれ。俺らの関係ってなに？」

「だから、友だちだろ」

「それが友だち？」

「友だちだろ」

「あのさあ。言っていい？　あんたがいちばんヤバいで？　脅してた奴と、よお友だちになろうと思うよな。あんたは？　これからも会うとして、あんたは俺になにを話すん？」

「自由になりたい」

「自由？」

「ウケたいとか金を稼ぐとか、目的とか、役割とか、そんなのから自由になりたい。こうやって声に出すとすごく素朴に聞こえるけどさ、そんなの気にかけなくても安心したいし、安心させたい。彼女をもう怖がらせない僕でいたいし、宮野原くんがなんでも話してくれるような僕でいたい」

「湿っぽ」

「僕が自由になれるように、友だちでいてくれよ」

「連絡先」

「うん？」

「知らんやろ」

「ああ……ＬＩＮＥでいい？」

「なんでもええけど」

「ほら」

「おう」

「下の名前、カズヒコって言うんだな。白瀬和彦。おい、カズヒコ」

「うるさ」

なあ後藤将司、と白瀬は言った。

「あんたがあんたで、俺が俺でおれたらええな」

初出　「文藝」2024 年冬季号

大前粟生

（おおまえ・あお）

1992年、兵庫県生まれ。2016年「彼女をバスタブにいれて燃やす」が「GRANTA JAPAN with 早稲田文学」の公募プロジェクトで最優秀作品として選出され、デビュー。著書に映画化もされた『ぬいぐるみとしゃべる人はやさしい』、『おもろい以外いらんねん』『きみだからさびしい』『死んでいる私と、私みたいな人たちの声』『チワワ・シンドローム』『ピン芸人、高崎犬彦』『かもめジムの恋愛』など。

物語じゃないただの傷

2025年3月20日　初版印刷
2025年3月30日　初版発行

著者　大前粟生

装丁　川名潤

発行者　小野寺優

発行所　株式会社河出書房新社

〒162-8544　東京都新宿区東五軒町2-13
電話　03-3404-1201（営業）03-3404-8611（編集）
https://www.kawade.co.jp/

印刷　株式会社亨有堂印刷所

製本　小泉製本株式会社

Printed in Japan　ISBN978-4-309-03950-3

ぬいぐるみと
しゃべる人はやさしい

大前粟生

恋愛を楽しめないの、僕だけ？　大学生の七森は“男らしさ”“女らしさ”のノリが苦手。こわがらせず、侵害せず、誰かと繋がりたいのに。共感200%、やさしさの意味を問い直す物語。

死んでいる私と、
私みたいな人たちの声

大前粟生

暴力から逃れられない運命なんて、あってたまるか。恋人からのDVで命を落とし幽霊になった窓子と、高校生の彩姫。最凶コンビが悪しき男たちに天誅を下していくが——。

ほどける骨折り球子

長井短

自分の「弱さ」と「強さ」に苦しむ男女の“守りバトル”、その結末は？　俳優・モデルとしても活躍中の新鋭作家・長井短の傑作小説集！　映画現場の「見えない存在」を描く「存在よ！」併録。

ナチュラルボーンチキン

金原ひとみ

新しい世界を見せてくれ——。ルーティンを愛する45歳事務職×ホスクラ通いの20代パリピ編集者。同じ職場の真逆のタイプの女から導かれて出会ったのは、忘れかけていた本当の私。

スメラミシング

小川哲

カリスマアカウントを崇拝する“覚醒者”たちの白昼のオフ会。そこではじまる、緊迫の陰謀論×サイコサスペンス！　神と人間の未来を問う、超弩級エンタメ作品集。

DTOPIA

安堂ホセ

恋愛リアリティショー「DTOPIA」新シリーズの舞台はボラ・ボラ島。ミスユニバースを巡ってMr.LA、Mr.ロンドン等十人の男たちが争う——時代を象徴する圧倒的傑作、誕生！